D1656239

*Wsewolod Petrow*

*Die Manon Lescaut von Turdej*

Wsewolod Petrow

# Die Manon Lescaut von Turdej

*Roman*

Aus dem Russischen von Daniel Jurjew
Mit einem Kommentar von Olga Martynova
und einem Nachwort von Oleg Jurjew

*Weidle Verlag*

Dem Andenken Michail Kusmins gewidmet.

»Nicht verflogen ist der Zauber ...« *Schukowski*

I. Ich lag auf einem Hängeboden, der als Pritsche diente, in unserem kanonenofenbeheizten Waggon. Links war die Wand, rechts mein Kollege Aslamasjan, der wie ich zum Militärspital abkommandiert worden war. Hinter ihm lagen zwei Ärztinnen, hinter diesen – Levit, der Apotheker. Gegenüber hing noch so eine Pritsche, auf der ebenfalls Körper lagen.

Unten, unter den Pritschen, lebten die Krankenschwestern.

Das waren einfache Mädchen, überwiegend etwa achtzehn, zwanzig Jahre alt. Sie stritten sich lautstark und verspotteten die Bewohner der oberen Etage. Danach griffen sie zur Gitarre und sangen im Chor alle möglichen Lieder. Auf den Stationen begannen sie blitzschnelle Romanzen mit den Militärs der anderen Züge.

Von oben konnte ich gut die Mitte des Waggons sehen, wo sich das Leben hauptsächlich abspielte. Dort stand der eiserne Kanonenofen, und alle scharten sich mit ihren Feldkesseln um ihn. Dort lagen Brennscheite, die auch als Stühle dienten. Die Streitereien begannen ebendort; wer auf die Pritsche gestiegen war, galt als vom Schlachtfeld entfernt, sonst konnte man nirgends hingehen; wenn einer nicht sprach und leise lag, galt er gleichsam als Abwesender. Man durfte sogar über ihn herziehen, wie man es bei Abwesenden tut. Es war nicht üblich, daran Anstoß zu nehmen. Um Frieden zu schließen, ging man ebenfalls zum Ofen: Hier war der einzige lebende, brennende Punkt im riesigen und toten Raum des Frostes und des Schnees.

**II.** Wir fuhren so lange, daß wir allmählich den Überblick über die Zeit verloren. Man fuhr uns zur neuen Front. Niemand wußte, wohin man uns schickte. Wir fuhren von Station zu Station, als ob wir uns verirrt hätten. Man hatte uns wohl vergessen.

Mal fuhr der Zug, mal stand er lange. Überall schneebedeckte Felder und Wälder, zerstörte Bahnhöfe. Oft hörte ich etwas explodieren, manchmal in der Ferne, manchmal fast direkt neben uns.

Die Zeit war irgendwie vom Weg abgekommen: Sie verband nicht das Vergangene mit dem Zukünftigen, sondern lenkte mich zur Seite.

Um mich herum waren Menschen, fremde Leben, die keinen Berührungspunkt mit dem meinen hatten.

**III.** Die Frau Hauptmännin – die Frau von Hauptmann Fomin, eine gewaltige Frau mit dem Gesicht eines Mörders – pflegte ihr kränkliches Mädchen aus dem Bett zu nehmen und bei ohrenbetäubendem Kreischen schwungvoll mit ihren großen Händen zu schlagen. Danach ließ sie es durch den Waggon laufen, und dann mußte man auf der Hut sein: Das Mädchen stolperte und stürzte heulend zu Boden, und die Mutter stürmte wie eine wutentbrannte Elefantenkuh zu Hilfe und zerstörte und zerstampfte alles auf dem Weg.

Levit setzte sich unbedingt so an den Kanonenofen, daß sich außer ihm keiner dort hinsetzen konnte; ebenso duldeten seine Feldkessel keine Nachbarschaft auf dem Ofen. Er ging auf besondere Weise durch den Waggon: Zuerst sagte er: »Ich entschuldige mich«, und dann trat er irgend jemandem mit den Stiefeln in die Suppe. Auf der Pritsche lag er nicht wie alle anderen längs, sondern irgendwie schräg, wobei er die Beine auf das benachbarte Territorium der Ärztinnen legte. Er schlief unter dichtem

Schnarchen ein, kaum daß er sich auf die Pritsche gelegt hatte, und wälzte sich im Schlaf nach rechts und nach links, so daß er alles hinunterschubste, aber es reichte, daß jemand leise »Levit« sagte, damit er sofort mit dem Schnarchen aufhörte und überaus passend antwortete. Den unschuldigsten Übergriff – zum Beispiel seinen Koffer umzustellen – unterband er mit furchtbarem Fluchen, wobei er im ganzen Waggon seine Spucke verteilte, daß der Ofen zischte; er fing nur deshalb keine Prügelei an, weil er schon nicht mehr jung war und schlaff. Aber nachdem er sich und sein Eigentum auf die erforderliche Weise geschützt hatte, wurde er nett und sang mit Vergnügen mit den Schwestern im Chor; einmal hat er sogar das Tanzbein geschwungen.

Die Ärztinnen nähten etwas.

Galopowa, eine nicht mehr junge Schwester, fühlte sich immer von allen beleidigt. Ihr schien, daß das Mädchen der Fomins von oben auf sie herabspuckte. Das kam vielleicht auch vor.

»Was lachen Sie? Ich bin nicht komischer als Sie«, sagte Galopowa, wenn irgend jemand lächelte.

»Wir lachen nicht über Sie, überhaupt nicht«, sagte man ihr.

»Doch, über mich, ich weiß es. An mir ist überhaupt nichts komisch«, antwortete Galopowa.

Manchmal griff sie zur Gitarre und übte ihr einziges Lied:

*Was stehst du, schwankend,*

*A-alte Eberesch'.*

Sie konnte das Lied einfach nicht bezwingen. Wenn man sie bat aufzuhören, sang sie es mit besonderer Beflissenheit zu Ende und fing sofort wieder von vorne an.

»Ich bin um nichts schlechter als die anderen«, erklärte Galopowa.

Mein Nachbar Aslamasjan hingegen war ritterlich. Er schlief sehr ausdrucksstark, lag ausgestreckt auf dem Rücken, eine Hand im Nacken. Er half allen, unsere höllisch schwere Waggontür zu öffnen und zu schließen. Tagsüber lag er für gewöhnlich barfuß auf der Pritsche, die gespreizten Zehen zur Decke gestreckt. Er war schnurrbärtig, dunkel, gedrungen und stark. Viele Schwestern wollten mit ihm anbandeln, aber er ließ sich nicht darauf ein und war gleichermaßen nett zu allen. Er sang auch gerne im Chor, tanzte aber nie.

**IV.** Die Mädchen waren weniger unterschiedlich. So dachte ich wenigstens, wenn ich sie von der Pritsche aus betrachtete.

Sie führten ihr eigenes Leben, voller Vogelleichtsinn. Unter der Pritsche kramten und wuselten und wimmelten sie und werkelten herum wie Vögel.

Ihr Gespräch bestand durchweg aus irgendwelchen hastigen Anspielungen und Aussparungen. Gleichzeitig hörte man allerdings auch die schlimmsten Kasernenflüche.

Ich brauchte eine Weile, bis ich unterscheiden konnte, wer von ihnen Anja, wer Nadja, wer Tanja war. Alle waren rosig, allzeit zum Lachen bereit und schlagfertig. Blaß war nur Vera Muschnikowa, die schnellste, schmal und lebhaft. Jede Minute begann sie etwas Neues: Mal schnappte sie sich die kleine Lariska, das Mädchen der Fomins, mal stürmte sie zur Gitarre, mal fiel ihr ein, ihre Garderobe zu mustern, worauf sie sie herausnahm, ausbreitete und liegen ließ, mal zerstritt sie sich mit ihren Freundinnen, mal umarmte sie sie wieder. Auf den Stationen sprang sie als erste aus dem Waggon und verschwand irgendwohin; es kam vor, daß sie ganz zurückblieb und uns mit irgendeiner Dampflok einholte.

Wir kamen nach L*** und blieben für eine lange Zeit auf einem Reservegleis stecken. Dort standen schon Militärzüge. Die Soldaten promenierten zu zweit, zu dritt vor den Zügen.

Die Mädchen begannen aus dem Waggon zu verschwinden. Sogar Galopowa hatte Verehrer gefunden und war nunmehr in der Überzeugung gefestigt, nicht schlechter als die anderen zu sein. Bei unserem Waggon flanierten häufig Kavalleristen. Einer von ihnen war besonders hübsch: ein neunzehnjähriger Bursche in Pelzjacke, mit Reitersäbel und Sporen, mit einem rotwangigen und naiven Gesicht, wie man sie auf Bildern findet, die schöne Russen darstellen.

»Schauen Sie«, sagte ich zu den Mädchen, »hier ist meiner Meinung nach ein hervorragender junger Mann.«

Alle blickten auf ihn. Er wurde verlegen und trat zur Seite samt Reitersäbel und Sporen.

Abends erschien er in unserem Waggon. Vera Muschnikowa ging voran und führte ihn wie in einem Triumphzug. Er setzte verwirrt einen Fuß vor den anderen und blickte verliebt auf Vera. Die Mädchen raunten. Sofort fingen die Lieder an. Anja Serowa, unsere beste Sängerin, öffnete den Mund und blökte wie ein Schaf. Er sang auch. Vera saß neben ihm, aufgeregt und stolz.

Aber in unserem Waggon endete sowieso alles mit Liedern. Man ging zum Ofen, setzte sich auf das Brennholz, und der Waggon begann zu zittern. Nur die Ärztinnen sangen nicht – aus einem falsch verstandenen Aristokratismus heraus. Und ich, auf der Pritsche in der Ecke liegend, hatte Atemnot und Herzrasen.

**V.** Die Anfälle kamen plötzlich, manchmal am Tag, häufiger jedoch in der Nacht, nach einem auf langweiligste Weise, in irgendwelchen matten Gesprächen verbrachten Abend. Nachts wachte ich auf: Ich bin nicht mehr ich, nicht mehr ein Offizier, nicht mehr Derundder – oder, besser gesagt, nur hier bin ich wirklich das reine Ich, ohne Namen, ohne Gesicht, ohne Erinnerungen: ein einziges entblößtes Gefühl der Entgegenstellung. Alles ist nicht ich, außer dem Punkt, der ich ist. Er ist zu einem Punkt zusammengedrückt. In den Punkt ist das ganze Grauen des Sterbens hineingezwängt: die Angst, diesen Punkt entgleiten zu lassen. Der Atem ist abgedrückt. Um mich herum schlafen alle. Es wäre leichter, in Einsamkeit zu sterben, ohne die schreckliche Gleichgültigkeit der Menschen um einen herum zu spüren. Aber das Grauen liegt nicht in der Gleichgültigkeit. Hier ist eine besondere Angst. Sie sind gleichgültig, weil sie gleichsam abwesend sind, vor dem Angesicht des Todes nicht zählen. Der Tod ist zu mir allein gewandt. Ich bin machtlos, und der Tod wird mich vernichten.

Und noch eine Angst, für mich die wichtigste.

Ich bin also tot, und der Geist verläßt meinen Leib. Wohin geht er? Da geht er aus dem Körper heraus, der ihn zur Welt bringt wie ein Kind. Wie ein Kind ist er schwach und schutzlos und entblößt: Der Körper bedeckt ihn nicht. Und was, wenn er zerfließt und die Form verliert, von den passiven Seelen der um mich herum schlafenden Menschen wie von Magneten angezogen? Diese Seelen sind halb geöffnet und bereit, ihn aufzunehmen.

Der Geist wird sich auflösen und sich auf die Seelen aller Schlafenden aufteilen. In jedem von ihnen wird ein kleiner Teil von mir sein, ich selbst aber werde verschwinden.

Nein, man muß allein mit sich selbst sterben und mit der letzten Willensanstrengung die Form des Geistes bewahren, bis er selbst erstarkt in seinem neuen Schicksal.

**VI.** Nach den Anfällen konnte ich lange Zeit nicht einschlafen, und wenn ich mich schließlich erholt hatte, setzte ich mich auf das Brennholz beim Ofen. Nachts war da niemand. Der Wachhabende, der die Pflicht hatte, nachts zu heizen, füllte für gewöhnlich den Ofen bis obenhin mit Brennholz, um dann zu dösen, bis es völlig verbraucht war. Ich befreite ihn bereitwillig von der Notwendigkeit, aufzustehen und nachzulegen. Die Lampe brannte nicht mehr. Das Licht kam nur vom Ofen. Aus der Dunkelheit hörte man Schnarchen und Atmen. Ich setzte mich ans Feuer und saß still, ohne Gedanken, und fühlte, wie die Zeit stehengeblieben war – nichts bewegte sich, nichts änderte sich, und alles war nur von sich selbst erfüllt, wie in der Malerei: Dort siehst du ebenfalls die bewegungslose Daseinsfülle jedes Dings, das gegen die Zeit und gegen Veränderungen gefeit ist. Nur der leichte Rauch meiner Papirossa schwebte, als wehte ein warmer Wind.

Vera Muschnikowa, die nach dem gestrigen Triumph über ihre Freundinnen auch nicht schlafen konnte, tauchte plötzlich in der Mitte des Waggons auf.

»Setzen Sie sich für einen Augenblick zu mir, Verotschka«, sagte ich.

»Warten Sie, ich bin ganz zerzaust«, sagte Vera und begann, sich mit schnellen, präzisen Bewegungen die Haare zu richten. Es tauchten zwei Locken auf – rechts und links. Ohne die Frisur zu vollenden, setzte Vera sich neben mich und zuckte vor Kälte zusammen.

»Kalt«, sagte Vera.

Ich legte ihr meine Jacke um die Schultern und rückte zur Seite, damit sie am Feuer Platz hatte.

Es gab nichts, worüber wir reden konnten.

Ich brach als erster das Schweigen.

»Sie sitzen wie auf einer Bühne«, sagte ich, »das Licht fällt auf Sie, rundherum nur Dunkelheit. Als ob dort der Zuschauerraum wäre. Und ich der einzige Zuschauer.«

»Stimmt«, sagte Vera, »es sieht ein wenig so aus.«

»Haben Sie schon einmal auf der Bühne gespielt?«

»Ich hatte Schauspielunterricht in einem Theater«, sagte Vera.

»Waren Sie lange dort?« fragte ich, weil ich nicht wußte, was ich sonst fragen sollte.

»Nicht lange«, sagte Vera, »ich bin viel rumgekommen.«

»Was haben Sie vor dem Krieg gemacht, Verotschka?«

»Zuletzt war ich in einer Requisitenwerkstatt. Wir bereiteten verschiedene Dinge für Aufführungen vor.«

»Und früher?«

»Ganz am Anfang war ich Küchenhilfe. Und dort habe ich für eine Ausstellung eine Ballerina gemacht.«

»Aus Wachs?«

»Nein, aus Butter. Und mit einem Seidenkleid von einer Puppe. Meine Ballerina kam in die Ausstellung, und man nahm mich in der Requisitenwerkstatt auf. Aber dort gefiel es mir nicht. Dort war es wie auf einem Hinterhof.«

»War es als Küchenhilfe besser gewesen?«

»Nein, auch dort war es langweilig. Wissen Sie, die Köche saßen ständig irgendwo im Kabuff hinter der Küche, mit roten Nasen, und tranken Tee. Ich wollte mir dort ein unglaubliches Gericht ausdenken, damit es mich berühmt macht.«

»Sie wollen Ruhm?«

»Will ich. Irgend etwas besser als jeder andere schaffen, damit alle auf mich schauen und mich imitieren.«

»Egal was, Hauptsache berühmt werden?«

»Wissen Sie«, sagte Vera, »ich konnte, als ich noch klein war und in den Zirkus ging, danach selber verschiedene Kunststücke. Zum Beispiel – das ist sehr schwer: ein Glas Wasser nehmen und sich auf den Boden legen und dann aufstehen und keinen einzigen Tropfen verschütten.«

Ihr Gesichtsausdruck wechselte, sie wurde lebhafter und bekam Interesse am Gespräch wie ein kleines Mädchen.

»Und gefiel es Ihnen in dem Theater?«

»Ja, aber ich war nicht lange dort«, antwortete Vera. »Ich kann jemanden spielen, wollen Sie?« Daraufhin stand sie auf, streckte sich und zuckte mit dem Kopf, exakt so, wie ich es tue. Dann machte sie abwesende Augen und starrte irgendwohin.

Ich brach in Gelächter aus.

»Sie könnten Schauspielerin sein. Sie haben eine hinreißende Art zu reden und sehr präzise Bewegungen«, sagte ich.

»Wie haben Sie das bemerkt?«, fragte Vera. »Ich dachte, daß Sie keine von uns jemals wahrgenommen hätten.«

»Warum?«

»Weil Sie ewig dort oben liegen und nur mit Aslamasjan und der Ärztin Nina Aleksejewna reden. Sie gefällt Ihnen wohl.«

»Ich liege dort, weil ich krank bin«, sagte ich.

»Was haben Sie?«

»Mein Herz ist krank«, sagte ich und erinnerte mich an meine Ängste.

»Das habe ich auch manchmal«, sagte Vera leichthin, »es schmerzt eine Weile und geht vorbei. Aber trotzdem, sie gefällt Ihnen, Nina Aleksejewna?«

»Sie gefallen mir«, sagte ich und umschlang Vera.

*Wieso tue ich das?,* dachte ich und drehte sie zu mir, um sie zu küssen. Vera folgte der Drehung. Ich wich etwas zurück, dann nahm ich ihre Hand und küßte vorsichtig ihre Fingerspitzen. Ihr Gesichtsausdruck wurde so anders, daß mein Herz für eine Sekunde stehenblieb.

»Ah, bitte nicht«, sagte Vera und riß die Hand weg.

Ich schaute ins Feuer.

»Ich zeige Ihnen jetzt eine Übung, wie wir sie im Theater

gemacht haben«, sagte Vera hastig und suchte, nachdem sie einen unsichtbaren Handschuh abgestreift hatte, ein unsichtbares Loch auf ihm und begann, es mit einem unsichtbaren Faden zuzunähen.

Ich sah Vera erst da zum ersten Mal wirklich. Sie hatte einen leicht dunklen Teint, kleine, dunkle, bisweilen grüne Augen, eine rätselhafte Ähnlichkeit mit Marie-Antoinette, geschwungene Lippen; ein entzückendes Gesicht, konturiert von einer reinen und fast schon abstrakten Linie. In ihrem Blick lagen Ungestüm und Raffinesse: ein Antlitz aus einem Gemälde von Watteau.

**VII.** Morgens hatte ich wieder Atemnot, aber ich hatte meine Todesangst so lange schon mit mir herumgeschleppt, daß sie vergangen war. Der Zug stand ohne Lok auf dem Reservegleis. Ich nahm den »Werther« aus meiner Feldtasche und streifte ein wenig umher. Als ich zurückkam, geriet ich mitten in einen Streit. Levit hampelte auf den Scheiten beim Ofen herum und schrie: »Ich werde nicht zulassen, daß so eine Hure ...« Das alles bezog sich auf Vera. Die Gören ringsherum schwiegen. Die Ärztinnen kochten Suppe. Die kleine Lariska krabbelte überall herum und störte. Vera schluchzte auf, wandte sich ab und begann bitterlich zu weinen.

»Wie können Sie es wagen, so zu reden! Seien Sie sofort still!«, schrie ich.

Levit war fürchterlich erstaunt, weil er Widerstand am allerwenigsten von meiner Seite erwartet hatte.

»Aber sie hat doch ...«, fing er an zu erklären.

»Ich wünsche keine Erklärungen«, sagte ich. »Es ist unwürdig, solche Sachen zu sagen.«

Ich setzte mich entschlossen zum Ofen, um zu demonstrieren, daß ich zu weiterem Kampf bereit war. Im ganzen Waggon kehrte Stille ein in Erwartung eines nie dagewesenen Streits. Ich fühlte, daß ich imstande war, Levit zu töten. Vera hatte allen den Rücken zugewandt und schluchzte immer wieder leise auf.

Levit murmelte etwas und stieg auf die Pritsche. Vera weinte eine Weile und beschloß dann zu gehen. Ich stand auf, immer noch aufgeregt, und half ihr sehr ernst und respektvoll in den Mantel.

»Was machen Sie mit Vera? Sie ist fast ohnmächtig geworden. Ich denke, niemand auf der Welt hat ihr jemals in den Mantel geholfen«, sagte Nina Aleksejewna zu mir. »Eigentlich ist Vera eine ziemlich widerliche Göre, aber ich bin dennoch froh, daß Sie für sie eingetreten sind. Man darf doch nicht so ausfallend werden wie dieser Levit.«

Vera kam erst gegen Abend wieder. Alles war schon vergessen. Sie kam fröhlich, lebendig, mit von der Kälte rosigen Wangen.

»Ich habe mich photographieren lassen«, tat sie kund.

Die Mädchen hatten gerade vor, auf irgendeine Tanzveranstaltung direkt auf der Station zu gehen. Vera geriet sofort in Eile, weil sie sich ihnen anschließen wollte.

»Iß doch wenigstens etwas, du bist doch hungrig, warst den ganzen Tag sonstwo unterwegs«, sagte man ihr.

»Keine Zeit, keine Zeit«, beeilte sich Vera und vergoß versehentlich ihr Mittagessen unter den Ofen.

Nina Aleksejewna und ich lachten.

»Verotschka, Sie sind einfach zauberhaft«, sagte ich.

**VIII.** An dem Abend wartete ich nicht auf den Anfall und ging zum Ofen, sobald sich der Waggon beruhigt hatte. Vera tauchte auf und setzte sich neben mich.

Sie war etwas verlegen wegen der Szene mit Levit. Sie saß ernst da, mit einer finsteren Miene, und blickte ins Feuer. Aber ich sah, daß sie überhaupt nicht betrübt war, sondern einfach gespannt, was weiter geschehen würde.

»Denken Sie bloß nicht schlecht von mir«, sagte Vera.

»Das ist alles dummes Zeug, Verotschka, denken Sie nicht mehr daran«, sagte ich und nahm sie behutsam bei der Hand. »Warum verschwinden Sie immer? Im Waggon ist es so leer, wenn Sie nicht da sind.«

*Oje, das hätte ich besser nicht sagen sollen,* dachte ich und nahm die Hand weg. Vera saß weiterhin grimmig da.

»Warum reden Sie nie mit mir?«, fragte Vera.

»Ich glaube, jetzt haben wir uns schon angefreundet«, antwortete ich.

»Was haben Sie da für ein Buch?«, fragte Vera.

Ich reichte ihr den »Werther«.

»Etwas nicht auf russisch«, sagte Vera, »Sie sind wohl so ein gebildeter, kluger Mensch, lesen die ganze Zeit. Ich möchte Sie bitten: Helfen Sie mir, einen Brief zu schreiben!«

»Wem?«

»Meinem Mann.«

»Sind Sie etwa verheiratet, Verotschka?«, fragte ich.

»Ja, schon zum zweiten Mal. Mein Mann ist an der Front«, sagte Vera, »wir haben geheiratet, als ich in der Ausbildungsbrigade war. Dort fühlte ich mich wohl. Ich wollte mit ihnen an die Front. Aber als sie dort hingehen mußten, hat man mich in dieses Spital versetzt.«

»Sie waren traurig, nehme ich an ...«

»Nein, ich hatte selbst darum gebeten. Dort war auch nicht alles toll gewesen«, sagte Vera.

»Nun, lassen Sie uns den Brief schreiben!«, sagte ich.

»Lieber Aljoschenka«, schrieb Vera, »ich fahre im Waggon. Überall ist Schnee.«

»Was könnte ich weiter schreiben?«, fragte sie.

»So ist es sehr schwer«, sagte ich, »was sollen wir denn einem Menschen schreiben, über den ich nichts weiß? Erzählen Sie mir zuerst von ihm.«

»Er ist noch jünger als ich«, sagte Vera, »er ist neunzehn Jahre alt. Er tanzt, singt sehr gut. Alle mochten ihn so sehr in dieser Brigade. Und auch den Mädchen gefiel er. Fragen Sie unsere Mädchen. Sie kennen ihn. Sie sind alle in ihn verliebt.«

»Und Sie natürlich auch?«, fragte ich mit Unbehagen.

»Ich zeige Ihnen sein Foto«, sagte Vera und zog kleine Fetzen eines zerrissenen Fotos hervor.

»Geben Sie mir das Buch, ich lege es darauf zusammen.«

Ich bereitete mich darauf vor, die Foxtrottvisage irgendeines Turners zu sehen. Ich sah einen schwarzhaarigen Jüngling mit einem sehr schönen, irgendwie traurigen und hoffnungslosen Gesicht. *Chevalier des Grieux,* dachte ich.

»Warum ist dieses Bild zerrissen?«, fragte ich mit einiger Verwunderung.

»Das war ich. Ich habe es zum Abschied vor seinen Augen zerrissen und ihm gesagt, daß ich ihn nicht liebe«, antwortete Vera, »ich war gemein zu ihm. Ich konnte damals alles machen, alles, was ich wollte. Er verzieh mir alles.«

»Und er tat Ihnen nicht leid?«

»Nein. Er konnte mir nichts verbieten. Ich wollte manchmal, daß er mich nicht fortläßt, gewaltsam festhält, und das konnte er nicht. Er bat nur, und ich tat alles ihm zum Trotz. Und einmal passierte es, daß er auf mich schießen wollte.«

»Aber er hat doch nicht geschossen?«

»Nein, hat er nicht. Als wir Silvester feierten, war er da, und außerdem ein Freund von ihm, so ein Koka; dieser Koka und ich saßen in einer dunklen Kammer. Aljunka fand uns; der

Brigadekommandeur war bei ihm. Aljunka griff zur Pistole und richtete sie auf uns. Der Kommandeur schreit ihm zu: ›Mach sie beide kalt!‹ Und Koka ist aufgestanden und schweigt und lächelt, und er hat Grübchen in den Wangen. Aljunka warf die Pistole weg und lief davon.«

Bei dieser Erinnerung hellte sich Veras Gesicht auf.

»Er hat sich dann doch mit Ihnen vertragen?«

»Ja. Und er hat sogar geweint. Er erzählte mir später so darüber: ›Ich komme herein, und ihr beide seid so aufgeregt, und Koka, der Nichtsnutz, ist so glücklich.‹«

»Lieben Sie denn den Rosaj?«, fragte ich.

Veras Gesicht verfinsterte sich erneut.

»Ich liebe ihn kein bißchen«, sagte sie.

Rosaj diente in unserer Einheit und fuhr mit uns zusammen, im benachbarten Waggon. Alle wußten, daß er Veras Liebhaber gewesen war und sich unterwegs von ihr getrennt hatte. Aber in den letzten Tagen hatte er begonnen, sich wieder bei uns blicken zu lassen und Vera anzustarren, obwohl er gar nicht mit ihr redete und demonstrativ anderen Mädchen den Hof machte. Mir schien, daß Vera seinen Besuchen gegenüber nicht ganz gleichgültig war. Wenn er da war, setzte sie sich in eine Ecke und gab keinen Laut von sich.

»Ich liebe ihn kein bißchen«, wiederholte Vera und warf den Kopf zurück.

Ich konnte mich nicht von Veras wechselhaftem Gesicht losreißen, das nun schon wieder traurig war.

»Wir werden den Brief wohl nicht mehr zu Ende schreiben«, sagte Vera.

»Sie können Schauspielerin werden, Verotschka«, sagte ich, »das Wichtigste, was für die Kunst benötigt wird, haben Sie: Sie sind keine Nachahmerin.«

»Wie das?«, fragte Vera.

»Alle gleichen einander im Leben, der eine ahmt den anderen nach oder alle zusammen noch jemanden, ohne das selbst zu wissen. Niemand ist fähig, auf seine eigene Weise zu leben. Alle sind einander wie aus dem Gesicht geschnitten. Sie aber leben, wie Sie selbst wollen, wie es Ihnen eigen ist«, sagte ich.

»Ja«, sagte Vera mit einiger Verwunderung.

»Und jetzt sage ich Ihnen noch eine Sache, und nach der werden Sie sofort schlafen gehen«, sagte ich und nahm Veras Kopf mit beiden Händen. »Vera, ich bin wahnsinnig vor Liebe zu Ihnen«, flüsterte ich ihr ins Ohr und stand sofort auf und zog mich in die andere Hälfte des Waggons zurück.

Vera stand nicht auf.

»Gehen Sie, Verotschka!«, sagte ich.

»Geben Sie mir Ihr Buch, und drehen Sie sich um!«, antwortete Vera.

Ich reichte ihr den »Werther«. Nach einer Minute gab sie mir das Buch zurück und ging auf ihre Pritsche.

»Schauen Sie auf der letzten Seite nach«, sagte sie.

Dort lag Veras neues Foto, auf der Rückseite beschriftet: »Das Schicksal wird entscheiden. Vera.«

Ich setzte mich erneut ans Feuer, aufgewühlt von dem, was passiert war. Im Grunde war nichts passiert. Ich dachte daran, wie leer mein Dasein war, und daran, daß das Leben für sich allein genommen nichts ist, eine glatte gerade Linie, die in den Raum flieht, eine Fahrspur auf einem Schneefeld, ein verschwindendes Nichts. »Etwas« beginnt dort, wo die Linie andere Linien kreuzt, wo das Leben ein fremdes Leben betritt. Jede Existenz ist unbedeutend, wenn sie in niemandem und in nichts gespiegelt wird. Der Mensch existiert nicht, solange er sich nicht im Spiegel gesehen hat.

**IX.** Unser Waggon stand auf einem Reservegleis inmitten anderer Waggons. Rechts wie links liefen endlose rote Korridore parallel; an manchen Stellen brachen sie ab und öffneten Übergänge. Und manchmal begann eine Wand sich langsam zu bewegen; dann kam hinter ihr ein abgezehrtes Feld mit Bahnhofshäuschen zum Vorschein. Irgendwann kam eine andere Wand, die der vorigen ganz genau glich, und verdeckte die Landschaft wieder.

Zwischen den Waggons ging man spazieren. Man konnte sich dort sogar verlaufen, sich vermeintlich weit von seinem Waggon entfernen und sich auf einmal neben ihm wiederfinden.

Ich stand beim allernächsten Übergang und sah, wie Aslamasjan unsere schwere Waggontür öffnete. Vera sprang heraus und ging an mir vorüber. Ich rief ihr zu. Sie lächelte.

»Ich bin Sie suchen gegangen«, sagte Vera und reichte mir die Hand.

»Vera, ich bin von Ihnen erfüllt«, sagte ich, »Sie haben alles aus mir verdrängt. Ich habe verlernt, an etwas anderes zu denken als an Sie.«

Vera antwortete nicht und wandte sich ab.

»Vera, wenn ich Sie ansehe, scheint mir, daß ich Sie nicht einmal sehe. Ich sehe irgendwie durch alles hindurch, als ob es durchsichtig geworden wäre, und sehe Sie überall«, sagte ich, nach Atem ringend.

»Was soll denn daraus werden?«, sagte Vera.

Ich schwieg, weil ich völlig verwüstet war.

»Warum haben Sie mir das gesagt? Jetzt wird mir das Herz wehtun«, sagte Vera. »Ich wollte Ihnen sagen, daß ich Sie schon ein bißchen liebe, aber das ist überhaupt nicht wie das«, sagte Vera und ging eilig weg von mir.

Ich stand auf dem Schnee und rang nach Luft wie ein Fisch.

»Sie sind gleichsam verwandelt im Gesicht«, sagte mir Nina Aleksejewna, als ich in den Waggon zurückgekehrt war und auf die Pritsche kletterte.

»Wieder Atemnot«, sagte ich.

»Offenbar haben Sie sehr großes Mitleid mit dem jungen Werther«, sagte Nina Aleksejewna.

»Heute ist ein Tag der Überraschungen«, sagte sie. »Sie kommen irgendwoher mit einem verzerrten Gesicht, und Vera wollte erst spazierengehen, wie immer, aber statt für den ganzen Tag zu verschwinden, kam sie sehr bald zurück und liegt nun ganz für sich und spricht mit niemandem. Haben Sie sie auf dem Spaziergang getroffen?«

Ich wollte scherzen, aber es klappte nicht, ich lächelte schief und legte mich auf die Pritsche.

»Sie haben wohl etwas Furchteinflößendes auf dem Weg gesehen«, sagte Nina Aleksejewna.

Vera ließ sich den ganzen Tag fast nicht blicken. Gegen Abend begannen die Mädchen sich fürs Filmtheater fertig zu machen.

»Laß uns gehen, Vera!«, sagten sie.

»Ich werde heute nicht gehen«, sagte Vera.

»Wie?«, schrien alle im Waggon gleichzeitig auf.

»Ich fühle mich schlecht«, sagte Vera.

»Was ist denn los?«

»Mein Herz tut weh.«

»Gerade so wie bei Ihnen, Atemnot mit Todesangst«, sagte Nina Aleksejewna, zu mir gewandt. »Also ich würde liebend gern ins Kino gehen, statt in diesem entsetzlichen Waggon zu sitzen.«

»Gehen Sie unbedingt, Nina Aleksejewna«, sagte Vera.

»Es ist doch wahrscheinlich weit und dunkel zu gehen.«

»Überhaupt nicht weit, gleich hier, und danach werden Sie mir den Film erzählen, schließlich kann niemand besser als Sie erzählen«, bat Vera.

»Nun, da Sie mich so sehr darum bitten, werde ich gehen müssen. Sie werden doch auch kommen?«, wandte sich Nina Aleksejewna an mich.

»Wissen Sie, ich bin kein großer Liebhaber der Kinematographie«, sagte ich.

Aslamasjan erklärte sich galant bereit, die Ärztinnen zu begleiten.

Die Gesellschaft war aufgebrochen. Im Waggon blieben nur Vera und ich, und die Hauptmännin und ihre Lariska schliefen in der Dunkelheit.

»Kommen Sie zu mir«, sagte Vera.

Sie lag ganz am Rande der Pritsche. Ich setzte mich neben sie.

»Lieben Sie mich etwa wirklich?«, sagte Vera.

Ich umarmte sie; sie erhob sich und drückte sich an mich. Ich küßte sie, und sie antwortete mir unerwartet kräftig und zärtlich.

»Lieben Sie mich denn schon ein bißchen, Verotschka?«, fragte ich.

»Ich weiß es jetzt noch nicht. Aber ich fühle schon, daß ich Sie lieben werde«, sagte mir Vera.

X. Auf der Pritsche liegend, hatte ich mir die Liebe zu dieser sowjetischen Manon Lescaut ausgedacht.

Ich hatte Angst davor, mir zu sagen, daß es nicht so war, daß ich mir nichts ausgedacht hatte, sondern tatsächlich alles vergessen und mich selbst verloren hatte und nur davon lebte, daß ich Vera liebte.

Ich legte mich so auf die Pritsche, daß ich gleich den ganzen Waggon sehen konnte. Wo Vera auch auftauchte, ich konnte sie sehen. Wie ein Somnambuler drehte ich mich zu der Seite, wo sie war. Ich war nicht imstande, sie nicht anzusehen.

Vera tauchte mit einer besonderen Frisur unter der Pritsche auf, die sie erst jetzt eingeführt hatte: Die Haare waren rechts und links in Locken hochgeschlagen; das Gesicht wurde dadurch schmaler und strenger. Die Frisur verlieh ihr eine rätselhafte Ähnlichkeit mit den Fabelwesen, die die Damen des achtzehnten Jahrhunderts gewesen waren. Die Lippen waren seit dem Morgen deutlich nachgezogen. Vera bewegte sich durch den Waggon, und ich lag auf der Pritsche und drehte mich hinterher.

»Ich bin wie auf einer Bühne«, sagte mir Vera.

Jetzt lief sie fast gar nicht mehr weg. Die Mädchen gingen ohne sie ins Kino und zu den Tanzveranstaltungen.

Ich stieg allein aus dem Waggon und wartete beim nächsten Übergang auf sie. Wir gingen durch die Labyrinthe inmitten der Waggons. Sie erstreckten sich überallhin und tanzten mir vor den Augen. Vera fand immer auf Anhieb den Weg. Sie führte mich. Wenn wir allein waren, konnte ich die Lippen nicht von ihr lassen. Sie drehte sachte das Gesicht zu mir. Ich wartete, bis sie sich ganz zu mir gedreht hatte und mich schnell und stürmisch küßte.

Wir kehrten einzeln zurück. Beim letzten Übergang verabschiedete ich mich von ihr. Vera ging in den Waggon, und ich kam später dorthin, allein, und stieg auf die Pritsche, um sie wieder anzusehen.

»Im Hause Oblonskij war alles durcheinander«, sagte mir Nina Aleksejewna, als ich auf die Pritsche gestiegen war, den Kopf recht hoch abgelegt und den Tornister zur Seite geschoben hatte, der mir die Sicht auf Vera verstellte.

»Was wollen Sie damit sagen?«, fragte ich in offiziellem Ton.

»Eben das, was Sie selber wissen. Als wir ins Kino gingen, blieb Galopowa im Waggon und sah, wie Sie Vera küßten.«

»Sie haben ihr doch nicht etwa geglaubt?«, fragte ich entrüstet.

»Ich habe ihr gesagt, daß ich es nicht glaube. Aber wenn Sie nur wüßten, was für Abscheulichkeiten man über Sie im Waggon erzählt! Galopowa sagt, daß Sie die kleine Lariska heruntergestoßen hätten und die geschrien hätte: ›Rühren Sie Verotschka nicht an!‹ – aber Sie hätten nichts hören wollen und hätten überallhin gedrängt mit Ihren Küssen.«

»Und Sie glauben das alles!«

»Und Levit hat gesagt, daß Sie in unserem Waggon die Unzucht losgelassen haben und daß Sie nachts beim Ofen weiß der Teufel was mit Vera machen. Und sogar Aslamasjan – Sie wissen doch, wie sehr er Ihnen zugetan ist –, sogar der sagt, daß er das nicht von Ihnen erwartet habe.«

»Ich hoffe doch«, sagte ich, »daß Sie all diesen Geschmacklosigkeiten keinen Glauben schenken werden. Ich war immer der Ansicht, daß in solchen Fällen Offenheit überhaupt nicht am Platze ist. Aber wenn wir nun einmal dermaßen aufeinandersitzen, daß man nichts verbergen kann, dann ziehe ich es vor, daß Sie alles nicht von Galopowa, sondern von mir selbst erfahren.«

»Ich ziehe das auch vor«, sagte Nina Aleksejewna.

»Sie denken doch nicht etwa, daß ich verliebt bin? Ähnele ich etwa einem Verliebten?«, fragte ich und drehte mich um, weil Vera auf die andere Seite des Waggons gegangen war.

»Meiner Meinung nach ähneln Sie sehr einem Verliebten«, sagte Nina Aleksejewna.

»Und dabei ist es gar nicht so. Aber Sie sehen doch selbst, daß Vera irgendwie besonders ist. Sie ähnelt überhaupt nicht den anderen Schwestern. Die sind kleine Spießbürgerinnen. Sie sind einfallslos. Alles bei ihnen ist fürchterlich alltäglich, all ihre Romanzen, Streitereien, Hoffnungen, alles, was ihr Leben ausmacht.«

»Und Vera ist außergewöhnlich?«

»Sie lachen nun darüber. Aber bei ihr liegt schon im Äußeren etwas Besonderes. Da sind gewisse Züge des achtzehnten Jahrhunderts. Sie ähnelt gleichzeitig Marie-Antoinette und Manon Lescaut«, sagte ich und drehte mich erneut Vera hinterher.

»Das ist das, worüber Sie mit ihr auf Ihren Spaziergängen sprechen?«, fragte Nina Aleksejewna.

»Nein, warum auch? Sie hat Phantasie, Streben nach Ruhm; sie träumt davon, Schauspielerin zu werden. Ein mädchenhafter Romantizismus. Also reden wir eben darüber«, sagte ich.

»Sie denken, daß niemand Sie sieht, aber jeder, absolut jeder begegnet Ihnen«, sagte Nina Aleksejewna.

»Also sicher nicht absolut jeder«, sagte ich mit einem Lächeln.

»Vera zeigt sich absichtlich mit Ihnen«, sagte Nina Aleksejewna, »damit Rosaj etwas eifersüchtig wird.«

»Aber, mein Gott, was ist denn so schlimm daran! Ich sage Ihnen doch: Sie interessiert mich rein literarisch«, sagte ich.

»Als ob das was mit Literatur zu tun hätte!«, sagte Nina Aleksejewna.

»Vera ist aus dem Stamm der flammenden Menschen, die außerhalb der Form leben«, antwortete ich.

»Was denn für flammende Menschen?«

»Ich glaube, das ist klar, wenn man von Genies spricht«, sagte ich. »Goethe, Mozart, Puschkin, das sind makellose Menschen, vollkommene Menschen. In ihnen wird alles durch die Form bestimmt. Das Los der Vollkommenheit ist, zu vollenden und Bilanz zu ziehen. Man sollte natürlich nicht glauben, daß sie nicht auch stürmisch sein können; aber bei ihnen verschmilzt selbst der Sturm irgendwie mit der Form und der Tradition. Shakespeare und Michelangelo dagegen lodern, mit Fehlschlägen und Abstürzen, aber sie zerreißen irgendwie die Form und brechen zur Zukunft durch. Das sind die unvollkommenen Genies, die über den vollkommenen stehen: Sie schaffen Vollkommenheit anderer Art. Sie sind naiv, jene klug. Ich bin der Ansicht, daß man auch alle Nicht-Genies in zwei Kategorien einteilen kann: makellose und flammende, in der Form und außerhalb der Form, das heißt mit einer Tendenz zur einen oder zur anderen Seite. Auch Manon Lescaut zerreißt fortwährend die Form.«

»Und auch Vera?«

»Auch Vera ist außerhalb der Form. Sie gleicht einer Kerzenflamme: Sie flackert hin und her, und wahrscheinlich reicht ein bloßer Hauch, um sie zu löschen.«

»Jetzt ist klar, daß Sie in sie verliebt sind. Sie sehen die ganze Welt nun durch Vera, sogar Goethe und Mozart«, sagte Nina Aleksejewna.

»Sie irren sich«, antwortete ich.

»Sie tun mir sehr leid«, sagte Nina Aleksejewna, »ich bin mir sicher, daß Vera über Sie lacht.«

»Kann sehr gut sein«, antwortete ich.

XI. Die Sonne leuchtete so beharrlich, daß der Schnee auf dem Dach des Waggons geschmolzen war und an den Ecken lange Eiszapfen hingen. Fort war der Zug, der uns die Sicht auf die Landschaft versperrt hatte. Das Feld mit den häßlichen Bahnhofshäuschen war zum Vorschein gekommen. Der Schnee funkelte dort winterlich, und um den Zug herum war er zu Pfützen geschmolzen. Alle waren lautstark herausgekommen, um sich an der Sonne aufzuwärmen, und hatten die Waggontür weit geöffnet.

Im Waggon war es gleißend, ungewohnt hell geworden. Alles regte mich auf und schien mir grob. Es wehte ein feuchter Wind. Die Menschen waren auch alle grob geworden. Levit hatte alle zur Seite geschubst und genüßlich sein welkes Gesicht zum Sonnenstrahl hin platziert. Ich lag auf der Pritsche und gab vor zu schlafen. Unmittelbar über meinem Kopf, über das Dach des Waggons, trappelten schnelle kleine Schritte.

»Das ist Rosaj, der verrückt geworden ist«, sagten die Mädchen, »er ist auf das Dach geklettert und rennt da oben wie ein Ziegenbock herum.«

»Also das ist ein richtiger Mann!«, sagte Galopowa.

Eine Minute später platzte Rosaj, klein, schlitzäugig, stramm, ganz rot vom Rennen, in unseren Waggon herein. In den Händen hielt er einen großen Eiszapfen und warf ihn mit Schwung auf Vera. Ich richtete mich auf der Pritsche auf, um das alles besser zu sehen. Vera wurde furchtbar rot, schüttelte das Eis auf den Boden ab und drehte sich zu mir um.

»Wer kommt mit mir aufs Dach?«, schrie Rosaj und griff Veras Arm.

Vera riß sich los, er griff sie erneut.

»Lassen Sie mich«, sagte Vera, aber Rosaj hielt sie kräftig fest.

Mit versteinerter Miene blickte ich auf Vera. Sie konnte in Tränen ausbrechen oder konnte vielleicht sofort Gefallen an dem Spiel finden. All das sah ich in ihrem Gesicht. Vera warf sich zur Seite, Rosaj zog an ihr. Beide fielen. Er atmete schwer. Mir schien, daß er angefangen hatte, sie zu kneifen.

»Nicht!«, sagte Vera mit schwacher Stimme.

»Vielleicht verlegen Sie Ihr Spiel an irgendeinen anderen Ort?«, sagte Nina Aleksejewna verärgert.

Rosaj beachtete sie nicht. Er sprang wieder auf Vera. Man lachte. Endlich setzte Rosaj sich, und Vera setzte sich neben ihn. Ich stieg von der Pritsche, verschwand aus dem Waggon und lief durch die Frühlingspfützen. Vera hatte ihre Wahl getroffen. Mir war egal, wohin ich gehen würde. Auf dem Weg traf ich auf Aslamasjan.

»Kommen Sie mit mir«, sagte Aslamasjan, »stellen Sie sich vor: In diesen Häuschen kann man Wodka auftreiben!«

»Mit dem größten Vergnügen«, sagte ich.

Als wir zurückkamen, waren weder Rosaj noch Vera im Waggon. Mir schien, daß ich sie bei den Häuschen mit Wodka gesehen hatte. Aber ich war ihnen nicht nachgegangen, und womöglich irrte ich mich.

»Nicht schlecht, was Ihre Manon Lescaut für Szenen aufführt«, sagte Nina Aleksejewna.

»Ach, das ist doch völlig im Einklang mit den hiesigen Sitten«, sagte ich lässig.

Vera kam nicht. Ich fühlte die Blicke des ganzen Waggons auf mir. Nina Aleksejewna sah mich mit spöttischem Mitleid an. Zu bleiben war unerträglich.

»Na, ich gehe dann mal das achtzehnte Jahrhundert erforschen«, sagte ich, nahm den »Werther« und machte mich davon.

Ich wandelte im Labyrinth der Waggons, dort war es gar nicht schwer, den Weg zu finden. Wenn ich auf Vera träfe, ginge ich vorüber, wiche ihr aus. *Natürlich, ich bin einfach lächerlich für sie,* dachte ich. Aber Vera war nirgends.

Ich kehrte erst in den Waggon zurück, als alle sich schon schlafen gelegt hatten. Vera war nicht aufgetaucht. Aslamasjan wartete noch auf mich. Wir tranken stumpfsinnig und unendlich langsam den Wodka. Danach lag ich lange mit geöffneten Augen in der Dunkelheit und sagte mir ein Gedicht von Olejnikow auf:

Eines Tags hat die schöne Vera
Sich frei am Körper gemacht
Und mit ihrem Süßholzraspler
Die ganze Nacht durchgelacht.

Es ging tatsächlich lustig zu,
In echter Fröhlichkeit.
Doch draußen gab es keine Ruh',
Der Regen schlug ans Glas.

**XII.** Vera kam erst am Morgen und wollte unauffällig unter die Pritsche verschwinden, aber es war zu spät: Alle waren schon aufgestanden, der ganze Waggon ging seinen Beschäftigungen nach.

Sie hatte wahrscheinlich etwas früher kommen wollen, aber hatte liederlich herumgetrödelt und war nun zu spät dran. Ich hatte durch das Fenster gesehen, wie sie ängstlich aus einem niedrigen Bahnhofshäuschen gekommen und über einen Umweg in den Waggon geschlichen war.

Man empfing Vera mit eisigem Schweigen. Doch die Sticheleien konnten jede Minute beginnen. Die Stille war gefährlich. Levit räusperte sich auf seiner Pritsche.

»Geben Sie mir einen Spiegel, Verotschka«, sagte Nina Aleksejewna und rettete Vera damit.

Die Anspannung legte sich. Vera durchwühlte hektisch ihr Körbchen. Die Steinigung hatte nicht stattgefunden. Alle hatten sich plötzlich beruhigt. Tatsächlich, es war nichts passiert! Vera mied mich, schaute nicht ein einziges Mal zu mir. Ich blieb standhaft: Ich grüßte sie freundlich, begann, mich langsam zu waschen, und scherzte mit Aslamasjan über unser Gelage vom Vortag.

Ich trat mit meinem »Werther« hinaus, um spazierenzugehen, ohne mich um die Richtung zu kümmern. Besser gesagt, ich ging absichtlich nicht dorthin, wo Vera und ich sonst waren. Aber ich hatte es noch nicht geschafft, zwischen den Zügen zu verschwinden, da holte Vera mich ein.

Sie trat heran und lächelte unsicher und frech zugleich. Ich blieb stehen. Vera wartete und schwieg; ich begann kein Gespräch.

»Sie denken ekelhaftes Zeug über mich«, sagte Vera.

»Überhaupt nicht, Verotschka«, sagte ich.

»Und ich habe überhaupt keine Schuld Ihnen gegenüber«, sagte Vera und stampfte mit dem Fuß.

»Natürlich, überhaupt keine. Sie haben mir nichts versprochen; Sie haben das Recht zu handeln, wie Sie es für richtig halten«, sagte ich.

»Ich habe nichts Schlechtes getan«, sagte Vera und stampfte noch einmal.

»Sie haben Ihre Wahl getroffen«, sagte ich und wollte gehen.

»Nein«, sagte Vera stur.

Ich schwieg.

»Ich kann es Ihnen jetzt nur nicht erklären, es gibt Gründe. Aber später werde ich es Ihnen vielleicht erklären«, sagte Vera.

Mir wurde klar, daß Vera mich für einen Idioten hielt. Deswegen war sie so selbstsicher dabei, mich zu belügen. Vielleicht sollte ich ihr einfach mal glauben? Aber ich wollte, aus dem geschmacklosesten Egoismus heraus, zeigen, daß ich nicht so blöd war. Nein, ich wollte ihr nicht glauben, weil das für mich viel zu ernst war. Ich dachte, daß ich sie wirklich liebte.

»Ich befrage Sie doch über nichts«, sagte ich.

Vera blickte zu Boden.

»Verotschka«, sagte ich, »alles bleibt, wie es war. Ich halte Sie weiterhin für ein außergewöhnliches Mädchen. Ich werde Sie phantastisch leiden können. Wir werden befreundet sein, wenn Sie wollen. Aber wir werden nicht mehr über Liebe sprechen, denn einen Wettstreit zwischen mir und Rosaj kann es nicht geben.«

»Ist das Ihr letztes Wort?«, fragte Vera.

»Aber natürlich, Verotschka«, sagte ich und zog von dannen.

Wir kehrten wieder, wie nach einem Rendezvous, getrennt in den Waggon zurück. Vera fiel es schwer, die Fassung zu behalten: Im Waggon stellte sich zwischen uns ein Ton ein, als wäre nichts geschehen; ich war freundlich, doch kühl zu ihr, und sie fügte sich diesem Ton; aber gleichzeitig fühlte sie etwas Unabgeschlossenes in unserer Aussprache. Wenn ich Vera ansah, machte sie ein gequältes Gesicht; und sie muß sich wirklich gequält haben. Ich zog mich auf die Pritsche zurück, auch Vera versteckte sich auf ihr Bett. Etwas stach mich von unten ins Bein, als ob ein Strohhalm oder eine Haarnadel durch die Bretter geschlüpft wäre. Ich stand auf, um den Strohhalm abzuschütteln, und währenddessen steckte mir Vera geschickt einen Brief zu.

Ich konnte ihn nicht an Ort und Stelle lesen, vor den Augen des ganzen Waggons. Ich griff meinen Uniformmantel und ging hinaus; vielleicht tat ich das etwas zu schnell. Ich stand bei einem fremden Waggon, der Lokomotive benachbart, und las:

»Verzeihen Sie!!! Verzeihen Sie mir. Ich bin eine schlechte, widerliche, nein, schlimmer – abstoßende dumme Göre. Ich rechtfertige mich nicht vor Ihnen. Ich kann nicht ruhig schreiben, ich kann meine Gedanken nicht in ein Ganzes bündeln.

Dabei will ich Ihnen alles über mich erzählen. Alles. Alles! Sie würden verstehen, was zu vergeben ich Sie bitte. Sie und Ihr Herz. Denn ich weiß doch, daß es schmerzt.

Ich habe etwas schrecklich Falsches getan. Aber glauben Sie mir, mein Gewissen hat mich die ganze Zeit gequält. Das Herz hat geschmerzt: Wie muß es ihm jetzt gehen! Und auch bei mir ist es nicht besser.

So gerne würde ich meinen klugen, guten Freund küssen. Und unter Tränen bitten, mir das zu verzeihen.

Wie sehr ich mich jetzt hasse!

Sie müssen Ihre Entscheidung nicht ändern. Aber mein Herz bittet Sie, mich entweder ganz zu vergessen oder mir zu verzeihen. Das zu verzeihen, daß Sie sich in mich verliebt haben. Alles hätte anders sein können. Ich bin schuld. Und auch das, daß ich Ihnen so weh getan habe. Auch daran, daß viele keine Achtung vor mir haben, bin ich ja ebenfalls selber schuld.

Verstehen Sie mich, und vergeben Sie mir. Aber denken Sie besser nicht an mich. Vielleicht wird alles von selbst vorbeigehen. Ich aber werde beten. Ihre V.«

Ich war von diesem Brief so gefangen, daß ich Vera nicht sah, die die ganze Zeit neben mir stand. Ich gab mir Mühe, ein gleichgültiges Gesicht zu machen, aber es kam irgendeine Grimasse heraus. Ich sah Vera an.

»Wenn Sie wüßten, was für ein Gesicht Sie hatten, als Sie lasen«, sagte Vera.

»Ein ganz gewöhnliches, denke ich«, sagte ich.

»Nein, ein gutes, ein gutes. Ich weiß jetzt, daß Sie nicht das sind, was Sie zu sein scheinen wollen«, sagte Vera.

»Ich will nichts zu sein scheinen«, sagte ich, »Sie haben einen entzückenden Brief geschrieben. So entzückend wie Sie selbst.

Aber ich kann Ihnen nichts antworten außer dem, was ich heute schon gesagt habe.«

»Sie vergeben mir nicht«, sagte Vera.

»Mein Gott, ich habe nichts zu vergeben. Sie haben mir gegenüber keine Schuld«, sagte ich und wollte zum Waggon.

Vera rührte sich nicht vom Fleck. Ich entfernte mich einige Schritte und kehrte dann doch zurück.

»Denken Sie nur nicht, Verotschka, daß ich Sie verachte oder dergleichen«, sagte ich, »Sie sind ein guter Mensch, ein sehr guter. Lassen Sie uns jetzt in den Waggon gehen.«

Von diesem Treffen kehrten wir gemeinsam zurück.

**XIII.** Den ganzen Abend lang sah ich Vera nicht – sie hatte sich unter die Pritsche zurückgezogen und zeigte sich nicht. Im Waggon sprach man schon nicht mehr von ihr. Dort hatte sich etwas Neues ereignet: Galopowa hatte die Abwesenheit der Hauptmännin ausgenutzt und der kleinen Lariska, die ihr von oben in die Suppe gespuckt hatte, den Hintern versohlt. Alle diskutierten leidenschaftlich, ob sie das hatte tun müssen oder überhaupt kein Recht dazu gehabt hatte.

Levit brüllte und spuckte selbst zu diesem Anlaß, befürwortete Prügel aber insgesamt und wollte sie sehr gerne ausweiten, auf Galopowa selbst und einige andere. Die Hauptmännin weinte so unnatürlich lange auf ihrer Pritsche, daß sogar die verprügelte Lariska sie fragte: »Was heulst du, du Heulsuse?« – und dafür ein zweites Mal bestraft wurde. Galopowa selbst hörte sich, in ein großes Tuch gehüllt, alle Ansichten zu dieser Sache mit gleichmäßiger Verachtung an, auch die, die tendenziell auf ihrer Seite waren. Man sah, sie hatte endlich ihren Lieblingsgedanken in die Tat umgesetzt und bewiesen, daß sie nicht schlechter als die anderen war.

Später fingen die Lieder an, obwohl die Hauptmännin weiterhin leidensschwer stöhnte, von Zeit zu Zeit den Kopf von ihrer Pritsche hervorstreckte und drohte, Galopowa zu töten. Der Waggon zitterte. Es muß spät gewesen sein, als alle endlich Ruhe gaben und nach der durchlebten Aufregung tief und fest einschliefen.

Ich setzte mich ans Feuer und saß dort die ganze Nacht allein. Ich war traurig, daß ich in ein leeres, grenzenlos leeres Leben zurückkehrte. Ich wollte an anderes denken und erinnerte mich an meine früheren Gedanken, die mir teuer waren – daran, daß ich irgendwann aus dem Krieg zurückkehren und ein besonderes Leben führen würde, ein gleichmäßiges, verschlossenes und zurückhaltendes, in dem nichts sein würde außer Gedanken. Ich stellte mir Bücher vor, Bildhauerei, musikalische Studien. Doch das alles hatte überhaupt keinen Wert mehr für mich, weil es von Vera wegführte. Ich dachte, daß Vera mir gegenüber hochnäsig sei und als Siegerin aus unseren Gesprächen hervorgehe. Mir erschien, daß ihr Brief von oben herab geschrieben sei. Ich zog den Brief heraus und las ihn erneut durch und sah, daß dort das für mich einzig Nötige fehlte: Dort stand nicht, daß Vera mich liebte. Wir waren einander völlig fremd. Wir stimmten in nichts überein. Sie war in mir wie die Kugel in einer Wunde. Ich konnte nicht aufhören, sie zu fühlen. Ich war bei ihr irgendwie anders eifersüchtig, als ich es bei einer anderen gewesen wäre. Egal was sie tat, alles an ihr schien mir hinreißend. Ich erinnerte mich, wie neulich alle wütend auf Vera gewesen waren wegen einer unflätigen Aktion gegenüber einer Freundin und wie ich mit absoluter Aufrichtigkeit sagte: »Aber das ist doch nett.« In ihrer Rücksichtslosigkeit selbst sah ich nichts als mädchenhaften Zauber und in den Fehltritten die Fragilität, an die ich gedacht hatte, als ich Vera mit einer Kerzenflamme verglich.

*Ich kann sie trotz allem nicht nicht lieben,* dachte ich, *nur wird das niemanden mehr etwas angehen, nicht einmal Vera selbst; das wird meine Angelegenheit sein, genauso besonders wie alle meine Gedanken, die niemanden etwas angehen.*

Ich machte die Laterne aus, ging mit einer Papirossa ein wenig im Waggon auf und ab und sprang danach auf meine Pritsche. Ich konnte nicht anders entscheiden, und im Grunde war das keine Entscheidung – das war unabwendbares Schicksal. Ich spürte immer noch Schwermut und sogar Angst, aber in dieser Schwermut und in der Angst lebte schon das Gefühl grenzenlosen Glücks.

**XIV.** Ich weiß nicht, auf welche Weise es geschah, aber morgens, als ich aufwachte, waren weder Schwermut noch Unruhe in mir zurückgeblieben. Da war nur Glück, die heitere Zuversicht, daß alles genau so kommen wird, wie es kommen soll. Am selben Morgen brachen wir endlich auf aus L***, wo es mir so schlecht ging. Unmittelbar vor der Abfahrt steckte mir Vera mit verlegenem Gesichtsausdruck einen Zettel zu:

»Mein Gott! Was soll ich tun? Heute morgen, als Sie hinausgegangen waren, geschah etwas, was ich überhaupt nicht erwartet hatte. Ich bin sehr unglücklich: Alles, was ich, wie ich glaube, eigentlich gut mache, geht zwangsläufig schief. Die kleine Lariska hat das Foto gesehen, das Sie mir gegeben haben, und natürlich so losgeschrien, daß der ganze Waggon es hören konnte. Alle verstanden, daß Sie und ich zusammen auf einem Foto waren. Ich verteidigte Sie, so gut ich konnte, ruhig und ungerührt. Aber wie war mir dabei zumute! Gott! Kein Tag vergeht, ohne daß etwas Trauriges geschieht. Mit jedem Tag hasse ich mich mehr. Mir ist so mulmig, so schwer zumute. Ich glaube, Sie werden zornig sein. Ich kann nicht länger schreiben. Vera.«

Ich konnte ihr nicht sofort antworten, weil der Zug losgefahren war und es peinlich gewesen wäre, mit ihr vor aller Augen zu tuscheln.

»Was ist denn in meiner Abwesenheit im Waggon passiert?« fragte ich leise Nina Aleksejewna.

Sie sah mich sehr erbost an.

»Neue Kapriolen Ihrer Manon Lescaut«, sagte sie, »Ihnen zuliebe stehe ich ihr zur Seite, aber im Grunde sind weder Sie noch Vera es überhaupt wert. Soll man doch über Sie lachen, was geht mich das an!«

»Was ist denn bloß passiert?«

»Sie haben ihr ein Foto geschenkt? Das sieht Ihnen so ähnlich. Sie werben nach allen Regeln der Datscha-Romanzen um sie«, sagte Nina Aleksejewna.

Ich errötete.

»Also, ich habe es ihr nicht direkt geschenkt ...«, sagte ich.

»Als Sie gegangen waren, rief Vera Lariska zu sich und zeigte ihr verschiedene Bildchen und brachte ihr bei, auf jedem Bild die Bekannten zu erkennen. Auch mich fanden sie da irgendwo, in Gestalt irgendeiner Dame mit Regenschirm. Und dann kam Ihr Foto an die Reihe. Lariska erkannte Sie natürlich sofort und schrie begeistert auf. Alle wollten es sich ansehen, aber Vera beeilte sich, es zu verstecken, sie riß es jemandem geradezu aus den Händen. Da wurde unmißverständlich klar, daß das wirklich Ihr Foto war. Vera tut das mit Absicht; nach dem Abenteuer mit Rosaj braucht sie ein Mittel, um sich zu behaupten«, sagte Nina Aleksejewna.

»Meiner Meinung nach ist das nur irgendwie naiv«, sagte ich.

»Ach ja, das ist wirklich nett. Sie erforschen das achtzehnte Jahrhundert. Aber Sie wissen nicht, was für ein Affengeschrei im Waggon aufkam und wie mühsam es für mich war, dem ein Ende zu bereiten«, sagte Nina Aleksejewna fast schon unter Tränen.

»Ich bin Ihnen sehr dankbar«, sagte ich.

»Sie sind mir kein bißchen dankbar. Und Sie erkennen nicht, wie sehr Sie diese Rivalität zu Rosaj erniedrigt«, antwortete Nina Aleksejewna.

»Also, teure Freundin, Sie sehen irgendwelche Dramen, wo es keine gibt. Und dabei will ich gar nicht erst verstehen, von was für einer Rivalität Sie sprechen«, sagte ich unaufrichtig und wandte mich zum Ofen, weil Vera dort war. Der Zug pfiff, während er sich einem Bahnhof näherte.

»Verotschka, das ist alles albernes Zeug, haben Sie sich etwa wirklich wegen solchen Unsinns Sorgen gemacht?« schrie ich Vera ins Ohr.

Als der Zug hielt, stieg ich aus, und Vera sprang direkt hinter mir aus dem Waggon. Ich sagte ihr, der heutige Tag sei ein glücklicher für mich und es werde ihr deswegen – aber nur für diesen einen Tag – alles verziehen. Zum Beweis küßte ich sie diskret auf die Wange.

»Ich weiß, warum Sie glücklich sind. Sie lieben mich nicht mehr«, sagte Vera.

»Sprechen wir nicht über dieses Thema«, sagte ich.

»Sie wollen mich nicht küssen«, sagte Vera.

»Doch, wieso denn nicht?«, sagte ich und küßte erneut leicht ihre Wange.

»Sie geben irgendwie komische Küsse, von denen man sterben kann«, sagte Vera.

Doch ich war so glücklich und liebte diese treulose, teure Vera so sehr, daß ich ihren Tod unter keinen Umständen zulassen konnte. Allerdings ergriff sie selbst die Initiative und saugte sich an meinen Lippen regelrecht fest.

Wir schafften es gerade noch rechtzeitig in den Waggon. Der Zug setzte sich wieder in Bewegung. Wir fuhren von Bahnhof zu Bahnhof, fuhren auch mal ein Stück zurück, hielten auf Reservegleisen, fuhren dann wieder los und hielten die ganze Nacht nicht mehr. Ich wollte mich nicht auf die Pritsche zurückziehen; ich setzte mich zum Ofen, und Vera blieb bei mir. Der Waggon klirrte und bebte. Wir sprachen mit normaler Lautstärke, weil niemand uns hören konnte.

»Also lieben Sie mich doch noch«, sagte Vera und nahm meine Hand.

»Wir zwei reden überhaupt nicht über dieses Thema«, antwortete ich, »der heutige Tag ist schon zu Ende.«

»Und Sie sind nicht mehr glücklich?«, fragte Vera, aber ich antwortete nicht, zog vorsichtig die Hand zurück und fing davon an, was für eine erstaunliche Schauspielerin Vera sein würde.

»Sie haben schon das Wichtigste, Verotschka, Sie haben eine gewisse natürliche Ausstrahlung«, sagte ich.

Vera antwortete mir nicht mehr und starrte ins Feuer.

»Ich gehe schlafen«, sagte ich und stieg auf die Pritsche.

Vera blieb allein. Ich konnte lange nicht einschlafen und schaute, wie Vera mit traurigem Gesicht vor dem Feuer saß. Auch sie mußte eine Entscheidung treffen.

**XV.** Am Morgen kamen wir in O*** an und hielten wieder auf einem Reserveplatz zwischen einander gleichen, langen Zügen auf Abstellgleisen. In der Umgebung gab es kein Bäumchen, keinen Strauch, als ob alles verbrannt wäre; es war nirgendwo ein Dorf zu sehen.

*Alles wird zu einer Abstraktion, wenn die Handlung ohne Kulisse erfolgt,* dachte ich.

»Ein selten trister, freudloser Ort«, sagte Nina Aleksejewna. »Man hat nicht einmal Lust auf einen Spaziergang.«

»Ich gehe mal schauen, ob es hier ein Telegrafenamt gibt«, sagte ich.

»Schicken Sie für mich bitte ein Telegramm ab«, sagte Vera und gab mir ein Blatt Papier. Da stand geschrieben: »Warten Sie auf mich am Bahnhof. Ich komme in zehn Minuten.«

Aslamasjan und Nina Aleksejewna schmunzelten. Levit und die Hauptmännin quakten. Galopowa piepste.

»Ich schicke das Telegramm sehr gerne für Sie ab«, sagte ich ernst zu Vera.

Unmittelbar hinter dem zerstörten Bahnhof begann ein leeres, grenzenloses Schneefeld. Auf ihm verirrten sich hie und da undeutliche schwarze Punkte, es konnten Menschen sein oder auch Vögel. Als wir weggingen, verschwand auch der Bahnhof hinter den Schneehügeln. Durch das Feld führte ein pittoresker Pfad.

»Sie sind irgendwie anders geworden, Verotschka«, sagte ich. »Sie sind jetzt nicht mehr so lebhaft, wie Sie früher waren.«

»Das ist, weil ich bei Ihnen bin«, antwortete Vera.

»Ich will doch gar nicht, daß Sie sich unter der Pritsche langweilen«, sagte ich. »Wissen Sie noch, wie Sie früher als erste aus dem Waggon heraussprangen und, wer weiß, wohin, verschwanden? Und jetzt gehen Sie nicht einmal mehr zu Tanzabenden.«

»Sie werden auch schlecht von mir denken, wenn ich wieder verschwinde«, sagte Vera.

»Nein, werde ich nicht«, sagte ich. »Ich finde alles, was Sie tun, nett.« (*Ich werde Sie trotzdem lieben,* wollte ich sagen, hatte mich aber erinnert, daß das Thema Liebe tabu war.) »Sie müssen all das tun, was in Ihrer Natur liegt«, sagte ich.

»Sie denken wahrscheinlich, daß alle möglichen ekelhaften Dinge in meiner Natur liegen«, antwortete Vera. »Aber wissen Sie, wohin ich verschwunden war? Wissen Sie noch, wie ich mit der Dampflok ankam? Ich hatte damals im Feld ein Holzhäuschen gesehen. Es war so hübsch weiß, und ich wollte bis dorthin kommen. Dann schaute ich zurück, und der Zug war schon weg. Ich bin aber doch bis dorthin gekommen. Das ist immer so mit mir: Ich gehe hinaus und gehe einfach weiter und weiß selber nicht, wohin. Oder ich beginne auf einmal zu weinen und weiß wieder nicht, weswegen. Und sonst habe ich nichts«, sagte Vera so aufrichtig, daß sie sich wohl selbst glaubte, und Tränen standen ihr in den Augen.

»Das bedeutet, daß Sie Ihre eigenen Wünsche nicht verstehen. Sie träumen, aber Sie selbst wissen wahrscheinlich nicht, wovon«, sagte ich.

»Ich will für immer bei Ihnen bleiben«, antwortete Vera.

Ich nahm ihre Hand und schwieg, weil das Thema Liebe tabu war.

»Ich weiß selber nicht, was mit mir ist«, sagte Vera. »Zuerst fand ich es komisch, wie Sie sprachen und irgendwie nach Atem rangen. Aber ich wollte von Anfang an bei Ihnen sein. Ich spüre, daß etwas passieren wird, aber ich kann nicht begreifen, was. Ich will, daß Sie mich wieder so ansehen wie früher und daß Sie mir sagen, daß Sie mich lieben.«

»Ich werde es sagen, und Sie werden nur schweigen, Verotschka«, sagte ich. »Und dann werden Sie mit Rosaj weglaufen?«, fragte ich leise und umarmte sie für eine Sekunde.

»Ich werde Ihnen nie, nie weh tun«, sagte Vera und umarmte mich ebenfalls.

Ich befreite mich.

»Wissen Sie, Verotschka, ich werde nicht schlecht von Ihnen denken, egal, was Sie tun werden«, sagte ich.

»Nein, ich will aber, daß Sie mich lieben«, sagte Vera und küßte mich hastig.

*Verotschka, ist es etwa möglich, noch stärker zu lieben?,* hätte ich beinahe gesagt, merkte aber, daß jemand zu uns kam, und richtete mich auf.

»Verzeihen Sie bitte, wir haben Sie gestört, wie es scheint«, sagte Nina Aleksejewna, während sie sich uns in Begleitung von Aslamasjan näherte. »Aber sie sagten dort, daß der Zug gleich fahren wird, also mußten wir Sie suchen gehen.«

»Wie könnten Sie uns stören?«, sagte ich. »Wir gehen einfach spazieren. Ich glaube, dieses Feld ist nicht so freudlos, wie es Ihnen zuerst schien.«

»Ein kahles, leeres Feld, absolut uninteressant. Schnee und nichts weiter«, antwortete Nina Aleksejewna.

»Eine richtige Shakespeare-Landschaft, wie aus ›König Lear‹«, sagte ich mit Begeisterung.

»Was ist ›Manon Lescaut‹?«, fragte Vera unerwartet.

»Eine Frau, die für die Liebe geschaffen ist«, antwortete Nina Aleksejewna.

»Die Mädchen sagten, daß das die schlimmste Beleidigung für eine Frau ist, ›Manon Lescaut‹«, sagte Vera. »Und daß Sie mich angeblich so nennen«, sagte sie mir leise.

»Und was ist Ihre Meinung über Manon Lescaut?«, fragte Nina Aleksejewna Aslamasjan.

»Ich weiß nicht«, sagte Aslamasjan.

»Und ich denke, daß Manon Lescaut die wundervollste, die rührendste aller Heldinnen ist und daß es unmöglich ist, sie nicht zu lieben«, sagte ich enthusiastisch.

Vertieft in dieses Gespräch, erreichten wir unseren Waggon.

Aslamasjan half galant zuerst Nina Aleksejewna, dann Vera hinein. Er und ich standen eine Weile vor der Tür und ließen einander liebenswürdig beim Aufstiegstritt vor, wie Manilow und Tschitschikow. Dann fuhr der Zug wieder.

**XVI.** Der Zug bremste so abrupt ab, als hätte ihm jemand einen Klaps auf die Loknase gegeben, er wich sogar zurück. Unser Waggon zuckte, Feldkessel stürzten zu Boden; der Ofen zischte von der Suppe, die auf ihn geschwappt war. Alle stürzten zur Tür, um sie zu öffnen. Vor uns lagen hohe Schneehügel, in der Ferne konnte man ein Wäldchen sehen, etwas abseits stand ein Dorf. Alle versammelten sich bei der Tür. Vera kam zu mir und sagte leise:

»Sie sind mein Liebster. Jetzt wissen Sie, daß ich Sie liebe.«

»Endlich«, flüsterte ich ihr ins Ohr.

»Ich dachte auch ›endlich‹, als ich spürte, daß ich Ihnen das sagen wollte; wie schön, daß wir das gleiche gedacht haben«, sagte Vera.

Alle starrten hinaus aufs leere Feld. Es war unklar, warum wir stehengeblieben waren. Aslamasjan ging das klären.

»Hier ist ein Betriebsbahnhof; kann sein, daß wir gleich weiterfahren, kann aber auch sein, daß wir lange stehenbleiben«, berichtete er.

»Ich glaube, man kann spazierengehen, dort auf dem Hügel«, sagte ich auf dem Weg zur Tür.

In diesem Moment betrat Rosaj den Waggon. Seit Veras Entführung hatte er sich bei uns nicht blicken lassen. Wahrscheinlich hatte er auch Vera seitdem nicht mehr gesehen. Mir schien, daß sein Gesicht eingefallen und gelb geworden war. Seine Augen aber waren lebhaft und schnell, sie ähnelten Veras Augen. Er gefiel mir, trotz allem. Er setzte sich auf das Brennholz, und die Mädchen stellten sich sofort um ihn herum. Ich schaute Vera an. Sie stand mit dem Rücken zu mir und mit dem Rücken zu Rosaj, schmal, aufrecht und angespannt, als wäre sie bereit, jeden Moment wegzurennen. Es wäre zu schwer für mich gewesen, eine neue Szene zwischen ihr und Rosaj mit anzusehen. Und die Szene war unvermeidlich. Ich wandte mich daher ab und ging hinaus.

Mit stehengebliebenem Herzen stieg ich auf einen Hügel und watete im Schnee. Ich hatte nicht gemerkt, wie Vera sich mir hinterhergestürzt hatte. Sie lief außer Atem zu mir und sagte:

»Liebster, Liebster.«

»Verotschka, ich brauche keine Opfer«, sagte ich und begriff gleich, daß es herzlos war, ihr das zu sagen.

Wir rannten über den Hügel. Der Waggon war nun nicht mehr zu sehen. Vera schmiegte sich an mich und weinte.

»Vera«, sagte ich und fühlte, daß auch mir die Tränen hochstiegen. »Verotschka, kann man stärker lieben, als ich Sie liebe?«

Als wir zurückkamen, war Rosaj schon längst nicht mehr in unserem Waggon, und wir wollten nicht an ihn denken. Auf den Pritschen bereitete man sich schon zum Schlafen vor. Uns fiel es schwer, uns zu trennen. Wir setzten uns nebeneinander an den Ofen und saßen lange zu zweit. Ich konnte wie früher meine Augen nicht von Vera abwenden. Sie legte ihren Kopf auf meine Schulter, so vertrauensvoll und zärtlich, daß sich mein Herz zusammenzog.

»Wie sagt man ›warmer Wind‹ auf französisch?«, fragte mich Vera.

Ich sagte es ihr.

»Wenn ich Ihnen ›mein Liebster‹ sagen will, werde ich vor allen, laut, daß man es im ganzen Wagen hören kann, ›vent chaud‹ sagen.«

**XVII.** Der Betriebsbahnhof hatte einen französischen, irgendwie bretonisch klingenden Namen: Turdej. Auf einem benachbarten Hügel stand das von der feindlichen Invasion geplünderte russische Dorf Kamenka. Dorfhunde, die auf ihren kurzen Beinen Füchsen ähnelten, liefen an die Waggons heran, um auf den Schnee hinausgeworfenen Abfall aufzulesen. Wir steckten auf diesem Betriebsbahnhof so fest, daß eine dicke Schneekruste die Räder der Waggons bedeckte. Die Sonne schien jetzt jeden Tag, als begönne bereits der Frühling; der Schnee auf den Feldern taute und sank. Aus dem Schnee ragten nun trockene Grashalme, Blümchen, diverse Stengel. Vera pflückte sie. Mit diesen Sträußen kamen wir zurück von unseren Spaziergängen.

Die Metamorphose ereignete sich unauffällig. Für mich begannen erstaunliche Tage. Als wäre ich von mir selbst weggefahren und hätte angefangen, ein namenloses Leben zu leben, ohne Hoffnungen und ohne Erinnerungen, nur durch Liebe. Als wäre alles, was je mit mir geschehen war, nicht mit mir geschehen, als ob ein besonderer, von allem abgetrennter, ja, ich weiß nicht, eben ein besonderer Abschnitt meines Schicksals begönne; und ich wußte selbst nicht, wo ich der echte war – auf den Frühlingsfeldern, in ein kindliches Mädchen verliebt, oder in der stehengebliebenen Zeit, körperlich fast nicht mehr existent, verlernend, die Welt um mich herum zu sehen.

Vera blieb immer nüchterner als ich. Sie wurde aber auch zärtlicher und vertrauensvoller; sie gewöhnte sich an mich, begann an mir zu hängen. Doch in ihrem Leben hatte es im Gegensatz zu meinem keinen Einschnitt gegeben; alles ging weiter, ohne die Verbindung zur Vergangenheit zu verlieren; und sie konnte darüber sprechen und daran denken, was weiter mit uns passieren würde; ich aber hatte das Träumen verlernt.

Wir wanderten den ganzen Tag durch und kamen erschöpft

zurück, glücklich, und wollten dennoch weiter zusammensein. Vera lief aus dem Waggon, ich folgte ihr, und sie fragte mich:

»Sie werden nie, nie aufhören, mich zu lieben?«

Der gute Aslamasjan öffnete und schloß die schwere Tür für uns.

»Hatten Sie denn schon jemals zuvor eine Romanze?«, fragte Nina Aleksejewna giftig. »Sie könnten wenigstens eine Minute warten, sonst sehen alle, daß Sie Vera hinterherlaufen. Sie ist, glaube ich, erfahrener als Sie und kann sich viel besser verstellen.«

Ich war in der Tat unfähig, etwas zu verbergen, obwohl ich mir doch mehr Sorgen als Vera darum machte, was die Leute denken mochten, oder, besser gesagt, anders Sorgen darum machte. Sie hatte oft das Bedürfnis, vor ihren Freundinnen anzugeben, sich ein weiteres Mal zu »behaupten«, wie Nina Aleksejewna zu sagen pflegte. Für mich war dagegen nur eines wichtig: daß niemand es wagen würde, mir seine Meinung ins Gesicht zu sagen und mich dadurch zu stören. Hinter meinem Rücken konnten sie reden und tun, was sie wollten: Ich sah nichts, niemand existierte für mich – und zwar nicht im übertragenen, sondern im wörtlichsten und genauesten Sinne.

Das ganze Lästern, das mich nicht treffen konnte, mußte Nina Aleksejewna ertragen.

»Alle denken, Gott weiß, warum, daß ich an Ihren Angelegenheiten ein persönliches Interesse habe«, sagte mir Nina Aleksejewna. »Und sie bemühen sich, mir die Augen für Ihr Benehmen zu öffnen, sie grinsen ständig und sagen, daß Vera mich mit frechem Blick ansähe. Eigentlich bemerke ich das manchmal selbst. Dabei helfe ich ihr immer aus der Patsche. Und als damals Rosaj hier war und Sie und Vera gegangen waren ... Sie werden nicht glauben, was für eine Diskussion da losging. Alle redeten durcheinander und erzählten ihm von Ihnen und Vera.«

»Und Rosaj hat auch am Gespräch teilgenommen?«

»Nein, er schwieg. Er hatte die ganze Zeit ein leidendes Gesicht. Er ähnelt Vera irgendwie. Dann ging er ganz unerwartet. Ich sagte ziemlich streng, daß ich mir keinen Klatsch anhören will. Und stellen Sie sich vor: Als ich auf die Pritsche ging, sagte Galopowa so laut, daß man es im ganzen Waggon hören konnte: ›Dumme Kuh‹. Und alle brachen in ein schallendes Gelächter aus.«

»Und Sie sagen, daß Rosaj leidet?«

»Ja, ich glaube, er ist jetzt noch verliebter, Ihretwegen.«

»Das glaube ich auch«, sagte ich.

»Sie meinen, daß sich alle in Ihre Vera verlieben müssen. Allerdings stimmt das wohl auch.«

»Und wie ungestüm sie lebt! Sie ist erst zwanzig, und sie hat bereits eine ganze Lebensgeschichte«, sagte ich.

»Die ausschließlich aus Romanzen besteht«, sagte Nina Aleksejewna.

»Ja, das sind doch alles Flausen, die schauspielerische Begabung, der Ruhm und alles andere. Sie selbst beharrt nicht besonders darauf. All das dient nur der Verführung. Veras wahre Berufung ist die Liebe. Es handelt sich um Metempsychose: Sie ist eine lebende Manon Lescaut«, sagte ich.

»Nur weiß sie selbst nichts davon. Und Sie erzählen mir Sachen, die Sie eigentlich ihr sagen sollten, aber Sie befürchten, daß sie das nicht verstehen würde. Sie wenden sich auch jetzt gerade an sie«, sagte Nina Aleksejewna.

»Aber nein, dem ist ganz und gar nicht so«, sagte ich.

»Natürlich nicht«, sagte Nina Aleksejewna. »Ich wollte Ihnen erzählen, was mit mir war, und Sie haben mir nicht einmal zugehört, fragten nur, was mit Rosaj war und was mit Vera. Wissen Sie, Aslamasjan hat mir gesagt, daß er, hätte er das gewollt, dieses Paar, also Vera und Sie, im Nu auseinandergebracht hätte.«

»Nun denn, vielleicht«, sagte ich.

**XVIII.** Vera war mädchenhaft romantisch, sie war eingenommen von allem Überraschenden und Bizarren, von den großen Themen – nichts Geringeres als Liebe und Tod –, über die sie, zum Glück, nichts sagen konnte. All das führte zu einer eigenartigen Zuneigung zu schlechter Kunst, in der sie möglicherweise doch Wahrheit und große Gefühle erkennen konnte. In ihrer Reisetruhe gab es – außer einer unordentlichen Menge von Kleidern und Röcken – viele Andenken, kleine unnütze Sachen, die wahrscheinlich mit ihrem Leben, mit ihren Romanzen zu tun hatten, aber nicht mit den tatsächlichen, sondern mit von ihrem Gedächtnis ausgeschmückten Romanzen, beseelt von dem Wunsch, gelesene, gehörte, von anderen erlebte Gemütsregungen – schöne, wie sie annahm – an sich selbst zu erproben. Aber sie blieb nicht träumerisch bei diesen Andenken hängen; wahrscheinlich huschte nur ein kleiner Funke durch ihr Gedächtnis, wenn sie darin kramte, für jede Erinnerung nicht mehr als eine Sekunde. Sie hatte mir eine Bildkarte von dem fürchterlichen »Selbstbildnis mit dem fiedelnden Tod« von Böcklin gezeigt.

»Finden Sie etwa, daß das schön ist, Verotschka?«, fragte ich.

»Nein, schauen Sie bitte auf die Rückseite«, sagte Vera.

Dort standen ein Datum und der Satz: »Die Vorahnung des nahen Todes beunruhigt mich.«

Vielleicht erschöpft sich die ganze Romantik darin, sich vor Trivialität und schlechtem Geschmack nicht zu scheuen, ja, nicht einmal zu wissen, daß sie existieren, und sich gleich an jene Themen zu machen, denen – aus Sicht der Menschen der Form – nur Shakespeare und Dante gewachsen sind.

Sie führte kein Tagebuch – dafür verlief ihr Leben viel zu impulsiv, auch wäre sie gar nicht in der Lage gewesen, es zu schreiben, aber oft wollte sie einen Moment, ein Gefühl, das ihr gefiel, an- und festhalten. Sie nahm dann mein Notizbuch, vermerkte das Datum und schrieb: »Hier ist Ihre Vera. Der Waggon. Die Reise. Ihre Vera.« Ein anderes Mal schrieb sie mir: »Heute liebe ich Sie unheimlich, unwahrscheinlich. Mein geliebter Liebster. Ich liebe, liebe. Ich würde so gerne mein ganzes Leben lang bei Ihnen bleiben. Doch ich spüre, daß etwas passieren wird, aber was das sein wird, kann ich momentan nicht begreifen.«

An dem Tag, an dem Vera diese Seite für mich schrieb, waren wir in den Feldern, weit von den Waggons entfernt, so weit, daß um uns herum nichts zu sehen war als das leere Feld und der Schnee, der von einer Kruste überzogen war, die Wind und Sonne gehärtet hatten. Es gab keinen Pfad, wir gingen über unberührten Boden. Ich umarmte Vera, sie rutschte aus; ich schaffte es nicht, sie zu stützen, und fiel mit ihr. Schlagartig wurde meine Kehle trocken; ich begann Vera zu küssen, besinnungslos. Nicht ich, sondern sie hätte erschrocken sein müssen; aber Vera erwiderte meine Küsse wie immer. Der Kampf spielte sich eher zwischen mir und mir selbst ab. Ich grub meine Finger ins Eis und zwang mich zum Aufstehen. Vera saß im Schnee, zerzaust, rotwangig und lächelnd.

In der Nacht erwachte ich von einem Anfall rasender Eifersucht. Rosajs Stimme war neben unserem Waggon zu hören. Ich stürzte zur Tür, zu allem bereit. Ich dachte nicht einmal an Vera und warf mich auf eine schwarze Gestalt, die mir entgegenkam. Es war der Wachposten. Er blieb stehen und nahm Haltung an.

»Was ist hier los?«, fragte ich schroff.

»Hauptmann Rosaj reist ab, die Truppe ist losgegangen, um ihn zu verabschieden«, meldete der Wachposten.

»Wohin?«, fragte ich.

»Er wird ganz von uns weg versetzt«, sagte der Wachposten. »Haben Sie das nicht gehört?«

»Doch, doch«, sagte ich und kehrte in den Waggon zurück, keuchend vor Aufregung. Veras Uniformmantel hing am Nagel. Sie schlief auf ihrem Platz unter der Pritsche. Wäre Vera mit Rosaj durchgebrannt, wäre ich unendlich unglücklich gewesen, aber möglicherweise hätte ich es auch für einen wunderbaren Schachzug gehalten und sie noch stärker geliebt. Es schien mir, als bedauerte ich beinahe, daß es nicht so kam.

Ich setzte mich allein ans Feuer und saß dort bis zum Morgengrauen mit einer wehmütigen Sehnsucht nach meiner Einsamkeit, nach mir selbst. Ich erinnerte mich an meine Erstickungsanfälle; ich hatte sie nicht mehr. Nun schien mir sogar an ihnen etwas liebgeworden, gemütlich und für immer verloren.

**XIX.** Ich saß in dem Holzhäuschen, das anstelle eines richtigen Bahnhofs errichtet worden war. Es war warm und leer, nur die Eisenbahner vom Betriebsbahnhof schauten hier gelegentlich vorbei. Ich wartete auf Vera, blätterte im Goethe, rauchte, schaute aus dem Fenster, wie die Eiszapfen am Dach tauten, und horchte auf alle Schritte.

Am Morgen, noch auf der Pritsche, hatte ich eine Unterhaltung mit Nina Aleksejewna gehabt.

»Ich weiß nicht, wofür man Sie in diesem Waggon so sehr haßt«, hatte Nina Aleksejewna gesagt.

»Tatsächlich haßt? Ich weiß auch nicht, wofür«, hatte ich ohne jegliches Interesse erwidert.

»Sie merken es wohl nicht einmal«, sagte Nina Aleksejewna.

»In der Tat, ich merke es nicht«, sagte ich.

»Sie sehen sie nicht, Sie sind von früh bis spät nicht da. Aber wenn Sie zusammen mit Vera verschwinden, spielt Levit ihnen alles vor, was Sie, seiner Meinung nach, mit ihr machen. Sie wissen ja nicht, wie sie wiehern. Sie nennen Sie einen Gottesnarren. Und Galopowa spielt sich mit Geschichten auf. Sie belauert Sie«, sagte Nina Aleksejewna.

»Mein Gott, lassen wir sie reden, was sie wollen«, antwortete ich.

»Ich kann das aber nicht ertragen. Sie beobachten Sie in wollüstiger Erregung. So viele Abscheulichkeiten habe ich im ganzen Leben nicht gehört. Und das Wichtigste ist, daß ihr ganzer Haß über mich hereinbricht, weil ich mich einmische und diese Vorstellungen beende«, sagte Nina Aleksejewna.

»Teure Freundin, ich bin verzweifelt, es ist schrecklich, daß Sie meinetwegen solche Widrigkeiten ertragen müssen«, sagte ich.

»Und Ihre Vera ist auch großartig, wenn sie Sie verteidigt. Man springt mit ihr nicht zimperlich um. Man sagt ihr, daß Sie ein Gottesnarr seien, und sie antwortet: ›Nein, er ist so ein guter, lieber Mensch‹, als wären Sie ein Landarzt oder Dorflehrer«, sagte Nina Aleksejewna verdrossen.

»Ich glaube, sie spricht, wie sie kann«, sagte ich.

»Seien Sie mir bitte nicht böse, aber ich kann nicht mehr in diesem Waggon bleiben. Man hat mir einen Platz in einem anderen zugesagt, und ich werde heute dorthin umziehen«, sagte Nina Aleksejewna.

»Ich bin unendlich traurig, daß ich Ihrer Gesellschaft entbehren werde, aber ich wage nichts einzuwenden, wenn es hier so unangenehm für Sie ist«, antwortete ich.

»Ich bin mir völlig sicher, daß Sie mich kein einziges Mal besuchen werden«, sagte Nina Aleksejewna.

Vielleicht war der Klatsch im Waggon tatsächlich schon unmäßig geworden, aber was konnte ich machen? Ich war nicht in der Lage, mir etwas Gescheites auszudenken, sagte Vera nur, daß ich von nun an immer eine Stunde vor ihr aufbrechen würde, um unsere gemeinsame Abwesenheit weniger provokativ aussehen zu lassen. Das war der Grund, warum ich nun im Bahnhof saß. Vera aber kam, ohne den verabredeten Zeitabstand durchgehalten zu haben.

»Wissen Sie, Verotschka, daß Nina Aleksejewna uns verläßt?«, fragte ich.

»Ach, da bin ich froh«, sagte Vera.

»Warum sind Sie denn froh? Nina Aleksejewna ist meine Freundin. Und sie meint es sehr gut mit Ihnen«, sagte ich.

»Gut möglich, daß sie Ihnen eine Freundin ist, aber mir ist sie auf keinen Fall eine Freundin«, antwortete Vera. »Für mich ist es jedes Mal kränkend, wenn Sie mit ihr reden. Mir wiederholen Sie nur, daß Sie mich lieben, und alle interessanten Gespräche führen Sie mit ihr. Ich bin zu dumm für Sie.«

»Verotschka«, sagte ich. »Worüber auch immer ich mit ihr spreche, ich liebe doch trotzdem Sie und nicht Nina Aleksejewna.«

In den Feldern war es windig und sonnig. Hinter einem Feld gab es ein Wäldchen.

»Wir sind nie dort gewesen«, sagte Vera.

In dem Wäldchen und dem schmalen Hohlweg, der zu ihm führte, war es ganz still. Der Schnee lag in riesigen weißen Polstern auf den Ästen. Niedrige Jungtannen standen wie weiße Pyramiden. Und die Sonne leuchtete durch jeden Zweig hindurch.

»Man kann diesen Hain nicht verlassen«, sagte ich.

»Man kann nicht«, antwortete Vera wie ein Echo.

Ich drehte mich zu ihr. Sie lächelte, begann zu weinen und sagte: »Liebster, wie liebe ich Sie.«

Ich drückte sie so stark, daß ich selbst nahe am Ersticken war. Ich war so erschüttert, daß die ganze Welt um mich herum zusammenzubrechen schien. Und Vera war nett und willig – das war alles.

»Ich wußte, daß heute ein besonderer Tag ist. Ich wußte, daß es heute so sein würde«, sagte Vera. »Wußtest du das?«

»Vera, das einzige auf der Welt, wovon ich weiß, bist du. Du, du, du«, sagte ich.

Vera pflückte ein trockenes Sträußchen aus dem angetauten Schnee, um es ihren Andenken beizugesellen, als Erinnerung an den glückselig durchleuchteten Hain. Wir gingen wieder über die sonnigen Schneefelder, unsere Füße brachen den Harsch des Frühlings. Ich dachte, daß es in dieser Rückkehr zur Natur, in all diesen Hainen und Feldern und in diesem Frühling auch wieder Elemente des achtzehnten Jahrhunderts gab, eines gewissen Rousseauismus mit seiner Naivität und Rechtfertigung jeden Lebens.

Vera ging voraus; ich blieb für eine Stunde im Bahnhof. Ich saß dort fast regungslos. Im dunklen, engen Raum gab es sonst keine Menschenseele. Es war bereits völlig dunkel geworden, als ich zum Waggon kam. Schon am Aufstiegstritt, hielt ich inne. Drinnen sangen sie. Hier draußen hörte man weder Geschrei noch falsche Töne. Die Stimmen schienen mir harmonisch, die der Mädchen hell, die der Männer zart. Ungewöhnlicherweise sangen sie keinen Filmschlager, sondern ein russisches Volkslied, das sich für mich von da an für immer mit Vera verband:

Inmitten weiter Felder
Blühte ich wie Mohn,
Mein freudenreiches Leben
Floß so wie ein Fluß.

In allen Reigen schaute
Mein Liebster nur auf mich,
Erfreute unentwegt sich
An meinem Anblick sehr.

Alle Mädchen schauen
Neidisch zu mir hin,
»So ein Zauberpärchen«,
Hört man überall.

Ganz anders ist mein Liebster
Geworden, denn was ich
Ihm war, das ist nun leider
'ne andre, mir zum Gram.

Was ist an ihr denn besser,
Worin ist sie schön?
Nimmt fort von mir den Liebsten,
Wie kann das bloß sein?

Hilf mir, liebe Mutter,
Die da auszumerzen,
Oder zwing die Liebe,
Völlig zu versiegen.

»Ach, du liebe Tochter,
Was soll ich bloß tun?
Wie du Liebe fandest,
So vergiß sie auch.«

**XX.** Alle gingen an diesem Abend aus irgendeinem Grund sehr früh schlafen. Vera verschwand als erste unter der Pritsche. Die Lampe brannte. Aus den Winkeln war noch Gemurmel zu hören. Ich nahm das Buch und machte es mir unter der Laterne bequem.

Ich wurde hochgeschleudert. Die Lampe begann gleichmäßig und schnell zu schaukeln, wie ein Metronom, und die blakende Flamme bog sich, leckte am Glas und hinterließ dort breite schwarze Rußstreifen. Der Explosionsknall war nicht sonderlich laut, dumpf, vermischt mit dem Krachen auseinanderbrechenden Holzes. Ein Luftangriff auf den Betriebsbahnhof hatte begonnen. Der Flieger hielt sich tief und warf seine Brandbomben direkt über unserem Zug ab.

Wir begriffen nicht sofort, was los war. Aslamasjan rief als erster: »Luftangriff!« Die Hauptmännin warf sich kreischend gegen die Tür. Alle anderen stürzten ebenfalls los. Die Tür gab nicht nach. Levit überrannte alle und sah dabei so verzweifelt aus, daß mir die Knie zitterten. Im Laufen riß er mit seiner Mütze die Lampe herunter. Vera schnellte im Dunklen hoch, als bliese sie der Wind von der Stelle weg, griff kurz meine Hand und eilte zum Ausgang. Aslamasjan hantierte an der Tür. Endlich ging sie auf. Levit sprang als erster hinaus und rannte durch den Schnee über einen Hügel zu einer Mulde. Um ihn herum Menschen aus allen Waggons. Es war still, alle schwiegen und wateten im Schnee. Der Waggon leerte sich. Aslamasjan nahm die kleine Lariska und ging die Hauptmännin suchen. Ich blieb allein.

Mich packte widerliche, schier tierische Angst, ich konnte mich nur mit großer Mühe dazu zwingen, nicht den anderen hinterherzurennen. Ich zog den Uniformmantel an und setzte mich zum Ofen, der noch warm war. Es gab keine Explosionen mehr, aber der Flugzeugmotor heulte und knallte noch. Dann hörte man ein Maschinengewehr. Ich verkroch mich, preßte meine Knie zusammen, drückte die Ellenbogen in die Flanken, als könnte mich das alles retten. Das war echte, grausame Todesangst. Früher, wenn ich Atemnot bekam, gab es immer so etwas wie einen Gedanken. Jetzt gab es ihn nicht. Ich fürchtete die Wände, die einstürzen und mich zerdrücken konnten.

Es wurde still, aber gerade das spannte die Angst wie eine Saite. Als sich die Waggontür öffnete, zuckte ich zusammen. Vera stürzte zu mir.

»Hast du Angst, Verotschka?«, fragte ich.

Zuerst war Vera nicht in der Lage zu antworten, dann sprach sie fieberhaft schnell und flehte mich an, sofort mit ihr zu verschwinden und für die Nacht ein gemeinsames Versteck im Dorf zu suchen.

Das Motorgeräusch meldete sich wieder und zog vorüber. *Noch ein Anflug,* dachte ich.

»Ich bitte dich, Verotschka, wer würde uns denn erlauben zu gehen?«, sagte ich.

Dann ertönte erneut ein Knall, und Vera verschwand so plötzlich, daß ich mich mit Staunen umsah. Schließlich traf eine Bombe einen der Waggons, etwa vierzig Schritte von uns entfernt; aber das war schon die letzte. Bald begann man sich langsam im Waggon zu sammeln. Ich ging hinaus, um Vera zu finden. Sie stand da, so kraftlos, daß sie keinen Schritt machen konnte. Und trotzdem bat sie mich gleich wieder, mit ihr ins Dorf zu gehen.

»Verotschka, alles ist schon vorbei, und außerdem ist es peinlich, sich so zu retten«, sagte ich.

Vera brach in bittere Tränen aus.

»Du willst einfach nicht mit mir gehen. Ich bin dir peinlich«, sagte Vera.

»Unsinn«, antwortete ich und führte sie zurück in den Waggon. Dort herrschte eine furchtbare Aufregung. In den benachbarten Waggons gab es Tote. Niemand wagte es, sich wieder hinzulegen. Man lief minütlich hinaus und horchte, ob der Motor wieder brummte.

»Ist Nina Aleksejewna wohlauf?«, fragte ich Aslamasjan, der als letzter erschien.

»Heil und unversehrt«, sagte er und verkündete den Befehl der Obrigkeit: Alle hatten umgehend die Waggons zu verlassen und bis auf weiteren Befehl im Dorf Kamenka zu bleiben.

Vera wurde munter. Ihre Erschöpfung war sofort verflogen. Sie begann fieberhaft zu packen.

»Du gehst mit mir«, sagte sie.

»Natürlich mit dir, Verotschka«, antwortete ich.

Wir gingen als letzte. Es war schon finstere Nacht. Mich fröstelte, im kalten Wind fühlte ich mich ganz krank. Vera führte mich. Wir klopften an ein Holzhäuschen mit durchhängendem Strohdach.

XXI. Anna, die Frau, bei der wir einquartiert waren, war klein, rotwangig, immer mit einem Kopftuch, sie trippelte unentwegt von einer Stelle zur anderen und ähnelte einem knorrigen Baum. Ein winziges Kämmerlein mit zwei Fenstern, ein unlackierter Tisch, zwei Bänke, ein Spind, ein Ofen und eine »Empore«, ein welliger Lehmboden, in der Ecke eine Ikone – das war unsere Hütte. Verotschka und ich bewohnten die Hängepritsche neben dem Ofen, die man hier, Gott weiß, warum, »Empore« nannte, auf einem Lager, hergerichtet aus unseren Uniformmänteln, einer Decke und der Feldtasche mit den Büchern, die als Kissen diente. Vera hatte unser Bett zurechtgemacht und ergötzte sich daran, als sähe sie in ihm ihr eigenes Porträt. Im selben Zimmer wie wir lebten unsere Hauswirtin und ihr kleiner sechsjähriger Sohn, Sascha, der tagelang hoch wie ein Mücklein sang und alle Wörter dabei durcheinanderbrachte, die Melodie aber nie falsch sang. Vera brachte ihm die Liedchen richtig bei. Wenn wir aus dem Fenster blickten, sahen wir die Hügel, und an sonnigen Tagen schauten wir uns an, wie schmale Bäche an ihnen hinunterliefen. Der Zug stand hinter den Hügeln.

Auf dem Tisch erschienen der kleine Reisespiegel aus meinem Necessaire und Veras Schatullen, Puderdosen und Flakons. Auch mein Foto wurde ans Licht gezogen und an den Spiegel gelehnt. Ich saß so am Tisch, als wäre ich der Hausherr. Vera drehte und wendete sich in der kleinen Kammer und füllte damit den ganzen Raum, fand für jedes Ding seinen Platz und kam jede Minute zu mir gelaufen. Dann zog sie sich möglichst fein an, steckte das Haar hoch und setzte sich neben mich. Ich legte ihr den Arm um die Schultern, und sie lehnte den Kopf gegen meine Brust.

»Gefällt dir, wie ich alles hergerichtet habe?«, fragte Vera.

»Du gefällst mir – mehr als alles auf der Welt«, antwortete ich.

Vera gab sich mit dieser Antwort zufrieden.

»Und es langweilt dich nicht, so zu leben?«, fragte ich.

»Du mußt mich nur lieben, dann wird es nicht langweilig«, sagte Vera, setzte aber unvermittelt hinzu: »Laß mich mal ausreiten!«

»Wie, ›mal ausreiten‹?«, fragte ich äußerst erstaunt.

»Mich lädt ein Kosak ein.«

»Wo hast du den denn her?«, fragte ich.

»Wir haben uns im Bahnhof kennengelernt.«

»Wann denn?«

»Während der Bombardierung. Wir haben uns zusammen versteckt.«

»Na, dann kannst du selbstverständlich mit ihm reiten gehen«, sagte ich.

»Ich würde das so gerne machen«, sagte Vera und küßte mich schnell auf die Lippen.

»Also los!«, antwortete ich.

»Du darfst nur nichts Schlimmes denken«, sagte Vera und küßte mich wieder.

»Du kannst reiten gehen«, antwortete ich.

»Wenn es dir unangenehm ist, gehe ich nicht«, sagte Vera.

»Ich nehme keine Opfer an«, antwortete ich.

»Ich habe das alles nur erfunden, Liebster, es gibt gar keinen Kosaken, ich will nur, daß du bei mir bleibst«, sagte Vera und schmiegte sich an mich.

Abends zündeten wir zur Beleuchtung Kienspäne in einem Halter an. Aslamasjan kam. Wir setzten uns an den Tisch. Vera spielte mit einer Hand Karten mit Aslamasjan, und den anderen Arm legte sie um mich. Der Junge sang wie ein Heimchen. Anna spann. In diesem öden Holzhäuschen und in meiner unmittelbaren Nähe war eine leibhaftige Manon Lescaut, in einem roten Seidenkleid und mit hochgestecktem Haar, was ihr eine Ähnlichkeit mit Marie-Antoinette verlieh.

Ich hatte seit jeher ein bestimmtes Bild von Marie-Antoinette, ich wußte nicht mehr, ob ich es mir ausgedacht oder ob ich irgendwo darüber gelesen oder es gesehen hatte: Marie-Antoinette steht mit dem Rücken zum Saal am Fenster und schaut mit maßloser Anspannung zu, wie das Volk vor ihrem Palast tobt. Dann dreht sie sich abrupt um – ihr Gesicht ist schweißnaß. Ein Wesen aus Feuer, ohne Form, alle Leidenschaften klar dem wandelbaren, lebhaften Antlitz eingeprägt.

Also gibt es auch im achtzehnten Jahrhundert – in dem so vollkommenen und todgeweihten – Züge von Jugend und Unzulänglichkeit, die sich in die Zukunft ausdehnten und in der Romantik aufblühten.

**XXII.** Man löschte die Kienspäne früh. Der Junge und Anna schliefen geräuschlos auf dem Ofen ein. Im Haus war es heiß. Die Luft bei uns auf der Empore war zum Ersticken. Strohhalme stachen durch die Wolldecke und klebten am Körper. Vera wurde irgendwie anders; ich glaubte, daß sie sich mir nun wirklich öffnete. Etwas löste sich in dieser Dunkelheit auf, in der heißen und feuchten Luft. Das zartgliedrige Mädchen verschwand. Mir schien es, als würde Vera erwachsen und streng. Das Blut drang mir in die Schläfen und pochte schmerzhaft. Meine Atemnot meldete sich zurück; das Herz raste so, daß ich es mit der Hand festhalten mußte.

Mitten in der Nacht begannen wir zu sprechen.

»Ich will alles über dich wissen«, sagte ich.

Vera wußte aber selbst wenig über sich. Da waren nur Bruchstücke und Scherben, die sie nicht mehr zusammenfügen konnte. Sie wechselten blitzschnell und gerieten durcheinander. Ein scharfer Splitter blieb in jeder Episode stecken. Ich begegnete ihrer Jugend. Billige Kinos, wo man im Stehen auf den Beginn der Vorstellung wartet. Freundinnen, mit denen es nie wirklich fröhlich wurde. Treppenhäuser mit trübem, elektrischem Licht, wo sie sich verstohlen die Lippen schminkten. Sehnsucht, die zu nichts führte. Armselige Feste, die in fast so etwas wie ebenso armselige Orgien mündeten. Briefchen, Jungen, Korridore in der Schauspielschule. Ein Junge namens Ljowa in einem kurzen alten Mantel, der auf einmal mit einem neuen Anzug zu einem neuen Menschen wurde und Vera küßte. Dann gleich die Heirat mit einem bejahrten Nachbarn, Launen, Kränkungen und sogar etwas gänzlich Ungutes: Der Gatte hatte üble Eigenarten.

»Er hat mich immer gekniffen, wer weiß, warum«, erzählte mir Vera.

Dann begann der Krieg, und viele flüchtige Romanzen, die immer der Neugier entsprangen, folgten einander.

»Hast du denn keinen von denen geliebt?«, fragte ich.

»Doch, das habe ich«, sagte Vera. »Nur denke ich heute, daß ich damals nicht geliebt habe. Mit dir ist es ganz anders. Und ich war nie so glücklich, wie ich es mit dir bin.«

»Und deinen zweiten Mann, der so schön war, Aljoscha, liebtest du ihn etwa nicht?«

»Und auch Koka?«

»Ach stimmt, sie waren zwei.«

Ich dachte, daß beide für Vera fröhliche Feiergenossen hätten bleiben sollen, statt ohne besonderen Grund zu ihren Liebhabern zu werden. Ich fragte Vera nicht, wie es zu den Trennungen von ihren Geliebten gekommen war. Wahrscheinlich war sie rücksichtslos verlassen worden. Oder aber sie selbst hatte sich ohne jede Erklärung aus dem Staub gemacht.

»Ich habe nur dich allein geliebt und werde dich mein ganzes Leben lang lieben!«, sagte Vera.

Ich bekam Atemnot. Veras Haare klebten an meinen Lippen. Sie erschien mir wieder erwachsen und streng.

»Erzähl mir von deiner Familie«, bat ich.

Heute denke ich, daß Vera in dieser Erzählung besser zu erkennen ist als in ihren eigenen Bruchstücken und Scherben. Nach und nach, über mehrere Nächte, erzählte sie mir Folgendes:

Veras Großmutter war ein Bauernmädchen aus einem Dorf in der Nähe von Jaroslawl. Als sie vierzehn war, wurde sie im Wald von einem unbekannten Offizier vergewaltigt. Sie gebar Veras Mutter.

Mit einem unehelichen Kind konnte man im Dorf nicht leben. Die Großmutter (sie hieß Katja) zog nach Petersburg und ließ das Kind bei einer Tante, einem Krämerweib, das böse und geizig war. Das Mädchen war unglücklich. Katja selbst wurde, soweit ich das verstanden habe, so etwas wie eine Varietésängerin und offenbar von Mann zu Mann gereicht. Das Schicksal der russischen Grisette ist bekannt. Mit Anfang Vierzig, zu einer Zeit, an die Vera sich schon erinnern konnte, starb sie in einem Krankenhaus an Schwindsucht, verlassen von ihrem letzten Liebhaber, irgendeinem Studenten. Vor ihrem Tod sang sie so, daß man es im ganzen Krankenzimmer hören konnte, mit junger und klangvoller Stimme. Vera war ihr Morgenrock mit breiten Schlitzen in den Ärmeln in Erinnerung geblieben. Wenn die Großmutter im Liegen ihre Arme hinter dem Kopf verschränkte, öffneten sich die Ärmel wie Flügel.

Das Schicksal der Mutter ist einfacher. Nach einer langweiligen und armen Kindheit bei der Krämertante ist sie irgendwie in die Stadt gekommen, ging irgendwo zur Schule (das war in den ersten Jahren der Revolution), arbeitete in einer Tabakfabrik, wurde danach Telefonfräulein. Sie hatte möglicherweise kein musisches Wesen, aber alle anderen Merkmale der Grisette, insbesondere das schwache Herz. Flüchtig taucht hier ihr erster Mann auf – Veras Vater. Er ist offenbar irgendwie vorübergegangen, am Leben seiner Frau und seiner Tochter vorbei, ohne eine Familie aufzubauen, ohne irgendeinen Abdruck zu hinterlassen. Überhaupt ist ein Vater für Vera irgendwie untypisch; ihr Stammbaum wächst nur über die weibliche Linie, in einer Dynastie russischer Grisetten, die Vera abschließt und auf eine neue Stufe bringt. Den Vater, Aleksej Iwanowitsch Isajew, einen ehemaligen Unteroffizier aus dem Ersten Weltkrieg, Juwelier von Beruf, stelle ich mir als einen starken, nicht mehr jungen, schweigsamen, sogar etwas finsteren Mann vor, der zu großen Gefühlen fähig war. Er war unglücklich. Vera vermochte nichts über ihn zu erzählen. Sie erinnerte sich nur, daß er, als die Mutter angefangen hatte, sich mit anderen Männern zu treffen, zum Trinker wurde, sich einige Male wutentbrannt auf seine Frau stürzte, sie aber nie schlug. Er starb irgendwie unerwartet, gleichsam um Platz für andere zu machen. Sein Auftritt hatte sich als unbedeutend und sehr kurz erwiesen.

Auf ihn folgten andere. Vera zählte sie aus töchterlicher Pietät nicht auf. Sie erwähnte lediglich der Exotik wegen einen Schwarzen aus einer Jazzband. Die Mutter schrieb Tagebuch, und Vera las es heimlich.

Der zweite Mann, ein Jüngling, irgendein Buchhalter, adoptierte Vera. Die Mutter und er waren inzwischen wieder geschieden.

»Weißt du«, sagte Vera, »er ist so jung. Für mich wäre es schrecklich gewesen, wenn er sich in mich verliebt hätte.«

Am Morgen war das Haus ausgekühlt. Es wurde langsam, fast sparsam hell. Vera wurde wieder zum ranken Mädchen und schlief auf meiner Schulter ein. Sogar im Schlaf verschwand der Ausdruck von Unrast nicht von ihrem Gesicht.

**XXIII.** Tagsüber erinnerte ich mich nicht an die nächtlichen Gespräche. Sie verschwanden irgendwie von selbst, zusammen mit allem, was ich früher gewußt und woran ich mich früher erinnert hatte. Mir schien, daß nur das auf der Welt möglich war, was es um mich herum gab – nämlich die Liebe, die Holzhütte mit Strohdach und die schneebedeckten Hügel von Turdej, die irgendwo mit dem Himmel verschmolzen.

Ich stand früher auf als alle anderen. Der Junge und Anna lagen still auf dem Ofen. Vera schlief noch. Ich ging zum Dorfrand. Der Morgen war kalt und neblig. Die silbernen Röhrchen von bereiftem Stroh lagen auf dem Dach. Alle Grashalme, Sträucher und fernen Bäume standen weiß, von Rauhreif bedeckt.

Es war leise und leer. Ich hatte Angst, einzuatmen und diese Stille zu durchstoßen. Unversehens – das erste Mal ohne Vera – gelangte ich in die Felder. Die Einsamkeit war für mich ungewohnt geworden. Die Felder schienen mir neu – weit und hell, als ob ich sie früher nicht gesehen hätte. Ich bemerkte selbst nicht, wie weit ich mich vom Dorf entfernt hatte, bis zu dem Wäldchen, wo Vera ihren letzten Strauß gepflückt hatte.

Eine Art Anfall einer scheinbar lange zurückgehaltenen und schließlich hervorgebrochenen Schwermut überkam mich. *Habe ich mich etwa wirklich völlig verloren,* dachte ich, *und werde ich mich nie wieder als den alten sehen; werde ich nicht mehr Fragmente der Wirklichkeit so in mir verbinden können, daß eine besondere, meine eigene Welt entsteht, in der ich überall und auf jede Weise würde leben können?* Ich erinnerte mich an meine früheren Gedanken über das Glück: Früher stellte ich es mir irgendwie goethisch vor, gleichmäßig und endlos, als ein Resultat von Wissen, Schaffen und Freiheit. All dies verschwand neben Vera.

*In der Romantik liegt ein anderes Glück,* dachte ich. *Die Romantik sprengt die Form und steht am Anfang des Zerfalls eines Stils. Hier zeigen sich Jugend und Rebellion. Rebellion aber ist spießig. Der große und vollkommene Goethe schätzte die Romantiker gering, weil er in ihnen Spießer sah. In jeder Jugend steckt Romantik. Und das Glück ist da schnell, vergänglich, scheinbar mit nichts verbunden; du weißt nicht, wie du es festhalten sollst. In der Romantik gibt es keine Schwermut, weil sie sich nicht an die Vergangenheit richtet; sie hat auch keine Vergangenheit. Statt der Schwermut findet sich Sehnsucht in ihr: Vorahnung oder Erwartung dessen, was sein wird.*

Ich ging den ganzen Morgen durch die Felder. Als ich in die Holzhütte zurückkehrte, stand Vera nicht auf und sprang mir nicht entgegen, wie sie es sonst immer getan hatte. Alle meine Gedanken waren irgendwohin verschwunden. Besorgt betrat ich das Zimmer.

»Du hast, scheint mir, geweint, Verotschka?«, fragte ich.

»Nein«, sagte Vera.

»Ist etwas Schlimmes geschehen?«, fragte ich.

»Nichts ist geschehen«, antwortete Vera, sich abwendend, so daß ich sie statt auf die Wange auf den Hinterkopf küßte. »Aslamasjan ist gekommen, um dich abzuholen.«

»Wozu?«

»Weiß ich nicht. Man ruft euch zum Zug.«

»Wahrscheinlich fahren wir von hier fort«, sagte ich. »Aber wie jetzt, kommt Aslamasjan noch einmal vorbei, oder muß ich irgendwohin gehen?«

»Er kommt vorbei«, sagte Vera und brach in Tränen aus.

»Vera, irgend etwas ist zwischen dir und Aslamasjan geschehen«, sagte ich.

»Nein«, antwortete Vera durch die Tränen hindurch.

Ich stand auf und trat zum Fenster.

»Vera, ich bitte dich sehr: Hör auf zu weinen, und erzähl mir alles, was hier passiert ist«, sagte ich.

»Warum läßt du mich allein?«, fragte Vera.

»Mein Gott, du weinst doch nicht deswegen! Du hast noch geschlafen; ich ging nur für eine sehr kurze Zeit weg«, sagte ich gereizt.

»Ich weiß, warum du gegangen bist, und weiß, wo du warst«, sagte Vera.

»Da gibt es nichts zu wissen«, sagte ich.

»Dir ist gleichgültig, daß ich allein bin«, sagte Vera und lachte plötzlich.

»Du warst doch überhaupt nicht allein; du sagst doch selbst, daß Aslamasjan vorbeigekommen ist«, antwortete ich.

»Bilde dir nur nicht ein, daß Aslamasjan dir so ein Freund ist. Er wollte mich küssen«, sagte Vera.

»Das überrascht mich nicht. Außerdem bin ich mir ziemlich sicher, daß du ihn geküßt hast«, sagte ich mit dem Anschein völliger Gleichgültigkeit.

Gerade noch hatte Vera gelacht, und nun begann sie so verzweifelt zu weinen, daß ich meinen gleichgültigen Tonfall sofort verlor.

»Weine nicht, Verotschka, weine nicht, es ist doch nichts passiert«, sagte ich. »Warum bist du so verzweifelt? War vielleicht noch etwas anderes?«

»Nein, aber ich bin gekränkt, weil du so von mir denkst und weil du mich nicht mehr liebst und es dich nicht traurig macht, daß wir von hier fortfahren, und weil du zu der gegangen bist«, murmelte Vera.

Mit *der* meinte sie Nina Aleksejewna.

»Verotschka, ich dachte nicht einmal an sie. Ich war in unserem Hain und dachte nur an dich«, sagte ich.

»Warum hast du mich bloß allein gelassen? Du hast dich völlig verändert«, sagte Vera. »Alles hat sich bei uns verändert: Ich liebe dich jetzt sehr viel mehr, und du liebst mich weniger.

Weißt du noch, was das für Abende waren im Waggon? Da hast du mich wirklich geliebt.«

Ich dachte, daß es für Vera wahrscheinlich sowohl trübselig als auch schwer mit mir war. Aslamasjan trat in diesem Moment ein, um mit mir zum Zug zu gehen. Doch ich kam noch dazu, Vera ins Ohr zu flüstern:

»Das stimmt nicht! Ich liebe dich jetzt noch mehr, siehst du das denn nicht?«

Aber ich wußte damals selbst nicht, in welchem Maße das stimmte.

**XXIV.** Am selben Abend fuhren wir aus Turdej weg. Man dachte offenbar wieder an uns: Ein Bestimmungsort war festgelegt worden, man hielt uns nicht mehr auf Reservegleisen fest. Dreihundert Werst legten wir in einer Nacht zurück. Der Alltag im Waggon stellte sich nicht wieder ein. Alle saßen angespannt da, hüteten ihre Reisesäcke. Die Gespräche waren matt; man dachte über sein künftiges Leben nach; Lieder erklangen überhaupt nicht mehr. Sogar der Streit ging anders vonstatten: höflicher und feindseliger.

Vera und ich saßen nebeneinander und sprachen, glaube ich, die ganze Strecke über kein Wort miteinander. Ich hielt ihre Hand. Unsere gemeinsame Reise ging zu Ende. Uns stand ein Abschied bevor. Vera dachte daran. Ich konnte daran nicht einmal denken.

Allmählich schliefen alle im Waggon ein. Auch Vera döste ein, an mich geschmiegt. Der Ofen brannte kaum. Er verband die Menschen nicht mehr, war kein lebendiger, wärmender Ort mehr; er heizte bloß leidlich den Waggon. Irgend etwas Argwöhnisches war in diesem schlafenden Waggon, im unsicheren Schnarchen, im Murmeln. Ich schlich mich zum Ofen, um ein letztes Mal allein dort zu sitzen. All das deuchte mich unheilverheißend. *Es endet; die Stunde hat geschlagen,* dachte ich. Was aber endete und wofür die Stunde geschlagen hatte, wußte ich selbst nicht.

Man ließ uns an der Bahnstation E*** aussteigen und steckte uns sofort, aus Angst vor der Bombardierung, in riesige Lastwagen, um uns vierzig Werst weit zu fahren, in das Dorf, das man uns zugewiesen hatte. Um bei Vera sein zu können, überließ ich jemandem den Platz in der Fahrerkabine, der mir als Offizier zustand. Wir nahmen auf einem riesigen Matratzenstapel Platz. Der Weg führte durch kahle Steppe, durch Schluchten. Der Schnee war fast überall geschmolzen. Die Wagen kamen im tiefen Frühlingsmatsch gerade noch voran. Der nasse Wind und die riesigen kalten Regentropfen drangen leicht unter die Matratzen, mit denen wir uns ein wenig schützten. Sobald es dunkel geworden war, hielt die Karawane. Wir waren keine fünfzehn Werst weit gekommen. Und sogleich begann die Bombardierung. Die Explosionen schleuderten ganze Gebäude in die Luft. Das war die ganze Nacht lang zu hören. Regen und Wind hörten nicht auf. Wir richteten uns mit den Matratzen eine tiefe Höhle ein und lagen dort eng umschlungen. Um uns herum war tatsächlich eine Landschaft aus »König Lear«. Ich weiß nicht, ob wir in dieser Nacht schliefen oder nicht. Traum und Wirklichkeit waren identisch: ein riesiges schwarzes Feld, voll von Wind und Kälte, helle Explosionen, weit entfernt und gedämpft.

**XXV.** Erst am nächsten Tag, gegen Abend, kamen wir endlich in der uns zugewiesenen Siedlung an. In der Dämmerung entluden wir unsere Wagen auf dem Marktplatz. Kreuz und quer standen überall gedrungene Backsteinhäuschen, völlig verdunkelt: Auch hier fürchtete man die Bombardierung. Und überall war der frühjahrstypische Morast. Über den ganzen Platz floß Matsch, stellenweise noch mit Schnee vermischt. Matschströme von allen Seiten, und der stechende Wind hörte nicht auf; man konnte sich nicht vor ihm verstecken. Zögernd machte ich einen Schritt auf ein Haus zu, bald auf ein anderes; aber überall waren unpassierbare Gräben, Senken mit trübem, lehmigem Wasser.

Vera tauchte ganz unerwartet neben mir auf. Leichtfüßig schritt sie über die glitschigen, sumpfigen Pfade.

»Ich habe uns schon ein Quartier gefunden«, sagte Vera zu mir.

Nach der zweitägigen Reise durch die Steppe bei Regen und Wind, während der wir sogar schon an den Waggon als einen gemütlichen, einladenden Ort zurückdachten, erschien mir ein echtes, warmes Zimmer mit Lampe und Samowar als Paradies. Vera zerrte ein Daunenbett ins Zimmer herein. Wir rollten es auf dem Boden aus. Irgendwo im Dunkeln, hinter einem Wandschirm, flüsterten die Besitzer des Häuschens. Vera und ich waren wieder beieinander, zu zweit. Im Zimmer brannte eine Öllampe. Der Wind pfiff verzweifelt und schlug an die Fenster; das Stroh auf dem Dach raschelte. Uns war warm. Wir versanken im riesigen, üppigen Hochzeitsdaunenbett der Hausbesitzer.

»Die Siedlung ist ziemlich unübersichtlich, keine Straßen, keine Ordnung, alles verläuft chaotisch von Hügel zu Hügel«, sagte ich.

»Uns bleiben hier nur noch drei Tage zusammen«, antwortete Vera.

»Weißt du, Verotschka, nach unserem Leben in Turdej bin ich noch gar nicht zur Besinnung gekommen. Die Reise, die

Steppe, der Wind, all das ist wie ein Stillstand, als wäre die Zeit vor einem Ereignis stehengeblieben«, sagte ich.

»Dieses Ereignis ist deine Abreise«, antwortete Vera.

»Ganz und gar nicht. Wir trennen uns doch nicht für ein Jahrhundert. Ich werde in der Nähe sein und dich gewiß besuchen können«, sagte ich.

»Mir wird es schlecht gehen ohne dich. Man wird mich schikanieren«, sagte Vera.

»Nein. Ich werde alles tun, damit du hier ohne mich erträglich leben kannst«, antwortete ich.

»Was wirst du denn tun?«

»Ich werde über dich sprechen.«

»Mit wem?«

»Mit Nina Aleksejewna. Sie kann viel für dich tun.«

»Kann sie, wird sie aber nicht wollen«, sagte Vera.

»Ich bin mir aber sicher, daß sie es tun wird«, antwortete ich.

»Weshalb denn?«, fragte Vera.

Mir wurde klar, daß, wenn ich Vera liebte, es tatsächlich noch nicht bedeutete, daß alle anderen sie auch lieben mußten. Doch wollte es mir nicht in den Sinn, wie man sie nicht lieben konnte.

»Verotschka, man muß dich einfach lieben«, sagte ich.

»Warum fährst du dann fort?«, fragte Vera. »Du langweilst dich mit mir. Über nichts sprichst du mit mir.«

Ich dachte daran, daß ich die ganzen Tage nach Turdej bei Vera gewesen war, fast ohne Unterbrechung. Ich erinnerte mich daran, daß ich sie die ganze Zeit angeschaut hatte. Allerdings haben wir offenbar tatsächlich nicht geredet, höchstens *über nichts.*

»Vera, du bist mir so nahe, daß ich mit dir nicht zu sprechen brauche. Denn das wäre genauso, als würde ich laut mit mir selbst reden«, sagte ich.

»Nur Verrückte reden mit sich selbst«, sagte Vera.

»Na siehst du, ich liebe dich einfach; ich fühle, daß du da bist, daß es dich gibt, und was soll ich dir denn sonst sagen? Ich weiß ja auch nichts und sehe nichts. Es gibt nichts außer dir. Nur du existierst«, sagte ich.

»Also warum fährst du dann fort?«, fragte Vera.

»Du weißt, Verotschka, daß ich fahren muß. Aber das spielt keine Rolle. Wir haben noch drei Tage, und ich denke, daß sie niemals enden werden«, sagte ich.

»Wie, ›niemals enden‹?«, fragte Vera.

»Nun, sie werden einfach nicht enden, werden ewig andauern. Die Zeit wird anhalten. Ich spüre schon, wie sie anhält«, sagte ich.

»Ich glaube, du redest dummes Zeug«, antwortete Vera.

**XXVI.** Vor meiner Abreise ging ich zu Nina Aleksejewna, um mich zu verabschieden.

»Ich hatte nicht gehofft, daß Sie kommen würden«, sagte Nina Aleksejewna. »Ich habe Sie, seit ich in den anderen Waggon gewechselt bin, nicht mehr gesehen, glaube ich. Das heißt, doch, natürlich, als wir zusammen fuhren, aber das zählt nicht. Ich hätte einige Dinge sogar lieber nicht gesehen, zum Beispiel, wie Sie sich auf dem Matratzenstapel zur Schau stellten. Aber so richtig habe ich Sie auch gar nicht gesehen, Sie ließen sich ja nicht blicken.«

»Ich habe mich nicht getraut ...«, sagte ich.

»Sie wollten einfach nicht. Sie hatten andere Sorgen. Denken Sie nicht, daß ich irgendwie gekränkt sei und mit einem Vorwurf zu Ihnen spräche. Ich hatte nur den Eindruck, daß Sie keine Zeit für unsere Freundschaft haben«, sagte Nina Aleksejewna.

»Aber gerade im Vertrauen auf Ihre Freundschaft bin ich gekommen«, sagte ich.

»Sie wollen mich um etwas bitten? Ich errate Ihre Bitte sogar«, sagte Nina Aleksejewna.

»Sie raten wahrscheinlich richtig. Ich würde Ihnen Vera gerne anvertrauen. Das heißt ... nicht anvertrauen, sondern ich möchte Sie bitten, ihr zu helfen, wenn die Notwendigkeit besteht. Man mag sie hier nicht; auch früher hat sie oft etwas abbekommen, und jetzt kann man sie wegen mir noch weniger leiden. Außerdem bin ich mir vollkommen bewußt, daß sie eine miserable Krankenschwester ist, chaotisch, flatterhaft, unaufmerksam. Aber man sollte ihr, glaube ich, helfen, weil sie eine andere, besondere Kraft und Bedeutung hat«, sagte ich.

»Gut, ich werde Ihre Manon Lescaut auf mich nehmen; erzählen Sie mir, wie es zwischen Ihnen steht.«

»Ich weiß nicht, was ich Ihnen erzählen soll«, sagte ich.

»Ich brauche natürlich keines Ihrer Geheimnisse«, antwortete Nina Aleksejewna.

»Es gibt auch keine Geheimnisse«, sagte ich. »Sie wissen ja, daß ich dagegen bin, solche Dinge preiszugeben. Aber es wissen doch sowieso schon alle alles. Deswegen werde ich Ihnen die Wahrheit sagen.«

»Sie haben mir schon einmal die Wahrheit gesagt«, antwortete Nina Aleksejewna.

»Das ist damals, noch ganz am Anfang gewesen? Also damals habe ich wirklich alles mögliche erzählt und mich herausgeredet«, sagte ich. »Jetzt will ich es anders machen. Ich liebe Vera. Aber hier gibt es eine Besonderheit: Mit ihr steht die Zeit für mich still. Ich weiß nicht, ob Sie das verstehen. Mit ihr ist nur das möglich, was gegenwärtig ist. Ich hätte gerne, daß das immer so wäre. Aber ich bin überhaupt nicht imstande, mir für uns eine Zukunft vorzustellen, ob gut oder schlecht. Als ob es kein ›weiter‹ geben könnte. Das macht mir angst.«

»Wieso angst?«

»Das zu erklären fällt mir auch nicht gerade leicht. Mir scheint, daß uns eine Katastrophe erwartet. Alles muß irgendwie plötzlich aufgelöst werden und aufhören. Also, wir werden beide sterben oder dergleichen. Es existieren Gesetze des Lebens, die denen der Kunst sehr ähneln. Das heißt, im Grunde müssen das dieselben Gesetze sein. Die Kunst unterscheidet sich vom Leben nur durch das Maß der Anspannung. Die Liebe aber ist eine solche Anspannung, daß das Leben selbst zur Kunst wird. Deshalb habe ich soviel Angst um mich und um Vera. Ich hoffe nur, daß das Schicksal eine unvorhergesehene Wendung in petto hat.«

»Sie haben sich etwas Kompliziertes ausgedacht, aber ich verstehe, warum Sie so sprechen«, antwortete Nina Aleksejewna. »Berichten Sie nun von Vera. Liebt Vera Sie?«

»Sie stellen mir die ganze Zeit schwierige Fragen. Sie hängt sehr an mir. Sie weint viel wegen meiner Abreise. Ich denke, daß sie manchmal glücklich bei mir ist. Nein, ich weiß, daß sie mich liebt«, sagte ich.

»Dabei treiben Sie Vera ins Verderben«, sagte Nina Aleksejewna.

»Wieso ins Verderben?«, fragte ich angstvoll.

»Das folgt aus eben dem, was Sie gerade gesagt haben: Sie haben ihr den Kopf verdreht mit Ihrer Anbetung. Sie – wie kann man das sagen –, Sie heben sie auf eine Höhe. Jetzt hat dieses Kind ein Schicksal. Sie selbst halten dieses Schicksal für unabwendbar. Und überlegen Sie mal, vielleicht war etwas ganz anderes für sie vorgesehen, etwas Normales, Friedliches«, sagte Nina Aleksejewna.

»Nein, Sie irren sich«, antwortete ich. »Sie hatte immer dasselbe Schicksal, und nicht ich habe ihr Bedeutung und Kraft verliehen. Ich unterliege selbst ihrem Schicksal. Ich brauchte sie nicht auf eine Höhe zu heben, sie wurde dort geboren. Ich bin in allem ein Nebendarsteller.«

»Und ich bin der Ansicht, daß Sie sich Veras Leben ausgedacht und sie gezwungen haben, dieses Leben zu durchleben – daß Sie aus einem einfachen Mädchen eine Romanheldin gemacht haben«, sagte Nina Aleksejewna.

»Wissen Sie, Nina Aleksejewna, wir sind in einem Gespräch über Literatur gelandet, als ob wirklich von Manon Lescaut und Chevalier des Grieux die Rede wäre«, sagte ich.

»Ich mag des Grieux ja gar nicht. Bei all seinem Edelmut ist er irgendwie jämmerlich und klein«, antwortete Nina Aleksejewna. »Aber wir sind tatsächlich furchtbar weit abgeschweift.«

»Na sehen Sie, und dabei bin ich doch mit dem einfachsten und alltäglichsten Anliegen zu Ihnen gekommen. Schützen Sie Verotschka«, sagte ich.

»Sie lieben Vera einfach über alle Maßen«, sagte Nina Aleksejewna.

»Was soll ich denn bloß machen?«, antwortete ich.

»Gut, ich werde mich Ihrer Vera annehmen und schauen, ob sie wirklich eine Romanheldin ist«, sagte Nina Aleksejewna.

**XXVII.** Nach meiner Abreise konnte ich mich lange nicht richtig fassen, war nicht in der Lage, zu mir selbst zu finden und zur Ruhe zu kommen. Es war schwer, in die Einsamkeit zurückzukehren. Ich fühlte Vera weiterhin neben mir, als ob ich sie nie verlassen hätte. Alles, was ich sah und dachte, war voll von Vera; sie war mir noch näher. Ich liebte sie jetzt wohl mehr, denn nun störte mich nichts dabei; nicht einmal Vera selbst störte mich dabei. Ich lebte immerfort in der angehaltenen Zeit; es gab kein *weiter.*

Ich zwang mich, in Worten an Vera zu denken; sogar ihr Gesicht war mir in allen Einzelheiten so gegenwärtig, daß ich mich *nicht* daran erinnern konnte – weil du Menschen, die dir nahestehen, nicht vom Anschauen kennst, sondern aus einem besonderen, inneren Gefühl: Du siehst sie und erkennst sie scheinbar nicht einmal, aber etwas sticht im Herzen. Nur Fetzen visueller Erinnerung lebten in meinem Gedächtnis fort, besonders der allerletzte: Vera verabschiedete mich zusammen mit Nina Aleksejewna, als ich mich ins Automobil setzte; ich sah, wie sie einander um die Taille gefaßt hielten und mir hinterherwinkten – die eine mit der linken, die andere mit der rechten Hand.

Ich zwang mich, daran zu denken, was mit Vera und mir passieren würde. Aber das einzige, was ich mit Sicherheit wußte, obwohl ich mich bemühte, nicht daran zu denken, war: Vera hatte mich nicht gerade sofort vergessen, als ich weggefahren war, hatte mich aber irgendwie beiseite geschoben, genau wie sie für mich ihre vorigen Geliebten weggeschoben hatte. Für sie gab es keine Vergangenheit, nicht einmal die jüngste.

Ich stellte mir vor, daß ich Vera nie wiedersehen würde – daß ich einfach nicht mehr zu ihr kommen würde, daß ich an etwas anderes denken, sie vergessen und für immer wegfahren würde und daß Vera aus meinem Leben wieder in eine nicht existierende Welt verschwinden würde, wie Levit, Galopowa, die Hauptmännin: Es würde nur eine neblige Erinnerung zurückbleiben wie von etwas Fremdem.

So konnte es nicht sein!

Ich stellte es mir anders vor: Vera würde mich betrügen, vielleicht noch vor meiner Rückkehr. Man würde mir davon erzählen. Wir würden nicht darüber sprechen, damit sie nicht würde lügen müssen. Ich würde mich von ihr verabschieden, als ob nichts passiert wäre. Wir würden einander nie mehr wiedersehen. Nach und nach würde ich sie vergessen. Als ich das dachte, drehte sich mir das Herz im Leibe um. Natürlich würde es so kommen, es hatte keinen Sinn, weiter zu phantasieren. Es tat mir so weh, als wäre all das tatsächlich schon passiert.

Und wenn Vera mich nicht sofort betrügen würde? Ich würde zurückkommen, und alles würde sein wie früher, aber später dann würde sie es nicht schaffen, mich nicht zu betrügen. Und warum? Aus Neugier, aus Lebenshunger. Oder einfach so, aus Gewohnheit. Alles würde genau so sein, nur die stehengebliebene Zeit würde nicht sofort verbraucht werden. Und dann würde sie doch verbraucht werden, und mir bliebe nur, sie nach und nach zu vergessen.

Ich wollte mir vorstellen, daß Vera und ich für immer zusammenbleiben würden. Aber das konnte ich mir nicht vorstellen. Vera und ich, wir stimmten in nichts überein. Vielleicht wollte sie mir ähnlich werden, konnte es aber nicht. Ich erinnerte mich, wie sie mir, noch im Waggon, als man mich Gottesnarr nannte, triumphierend erzählt hatte: »Weißt du, die Mädchen sagen, daß auch ich mit dir zur Gottesnärrin geworden bin.« Sie war nicht zur Gottesnärrin geworden. Und ich liebte sie vielleicht gerade deswegen, weil sie in allem mein Gegenteil war.

Vera hatte mich beiseite geschoben. Ich wußte das. Alles, was ich zu denken versuchte, war zwanghafte Grübelei und vergeblich. Ich hatte nicht die Kraft zu entscheiden. Ich konnte das Schicksal, das sich unaufhaltsam fortbewegte und uns zerdrücken mußte, nicht ändern. Ich war nicht imstande, nicht zu Vera zu fahren. Aber ich fühlte das Schicksal, so sehr ich mich auch bemühte, dieses Gefühl zu betäuben.

**XXVIII.** Die ersten Briefe von Vera kamen schon nach sehr kurzer Zeit. Ihnen folgte ein Brief von Nina Aleksejewna. Das führte mich ein wenig aus meiner geistigen Starrheit heraus, aus dem Kreis der immer gleichen Gedanken. Die Briefe waren ein Beweis, daß Veränderungen stattgefunden hatten; etwas war vom Fleck gerückt. Ich sah mich selbst wie durch fremde Augen. Da lebten sie dort und dachten an mich. Die Briefe erklärten mir meine Einsamkeit. Für Vera war ein Leben möglich, von dem ich nichts wußte und nie etwas wissen würde. Es machte nichts, daß wir von diesem Leben wenig gesprochen hatten, als ich noch bei ihr gewesen war; alles, was sie dachte, konnte ich in ihrem Gesicht erkennen. Ich konnte in Veras Gesicht lesen. In ihren Briefen konnte ich nicht lesen. Sie war nicht bei mir. Hinter diesen Briefen konnte alles stecken, was ich mir nur vorgestellt hatte.

Die Briefe waren voller zärtlicher Worte und Liebesbeteuerungen. Sie hatten kein Maß.

»Warum kommst Du nicht?«, schrieb Vera. »Wenn Du nur wüßtest, wie ich jede Minute auf Dich warte. Ich schaue aus dem Fenster, ob Du kommst. Beim Anblick eines Offiziers in einem Uniformmantel wie dem Deinen bin ich beinahe in Ohnmacht gefallen. Ich dachte, Du wärst gekommen, um mich abzuholen.«

In einem anderen Brief schrieb sie noch: »Ich bin so glücklich, so glücklich, und dieses Glück verdanke ich Dir. Nina Aleksejewna ist so wundervoll. Ich liebe sie wahnsinnig, ich kann keinen Schritt ohne sie tun. Ich habe sie bereits ernsthaft um Verzeihung gebeten – und sie hat mir verziehen. Ich habe sie genauso unerwartet zu lieben begonnen wie Dich, ich weinte nur mehr, das waren glückliche Tränen.« Jeder Brief war unterschrieben mit »Deine, Deine, nur Deine Vera«.

Nina Aleksejewna selbst hatte mir auch einen Brief geschrieben: »Verotschka und ich lieben einander sehr und sprechen oft von Ihnen. Wir haben einiges erlebt. Ich verstehe Vera jetzt besser, ich verstehe auch Sie besser. Vera bittet mich immer um Verzeihung, aber was ich ihr verzeihen soll, weiß ich nicht. Wir haben sogar miteinander geweint, aus unbekannten Gründen, aber aufrichtig. Diese Tränen hatten irgendwie mit Ihnen zu tun.«

XXIX. Gegen Ende der Woche kamen keine Briefe mehr. Ich schrieb auch nicht, ich hätte einfach keinen Brief schreiben können. Ich war zerstreut, abgelenkt – unklar, wodurch – und hörte auf zu denken, sah nicht, was um mich herum war, außer nichtigen, verschwindenden Kleinigkeiten. Es war gleichsam eine Verblödung oder, besser gesagt, ein so hoher Grad an Erwartung, daß du schon nicht mehr wartest und nichts fühlst und das Verlangen bis zur Gleichgültigkeit angespannt ist.

Eine Woche später bekam ich den Befehl, in das Dorf, wo Vera wohnte, zu fahren, und blieb gleichgültig. Ich hatte lediglich ein bißchen Angst, weil es also an diesem Tag passieren sollte. Richtige Aufregung verspürte ich erst, als ich ins Dorf hineinfuhr und das Häuschen sah, in dem Vera und Nina Aleksejewna wohnten.

Sie waren beide zu Hause. Vera stürzte zu mir und umarmte mich so flink, daß ich sie kaum sehen konnte. Dann stürzte sie genauso schnell zu Nina Aleksejewna und umarmte sie. Ich erkannte Vera nicht wieder. Sie schien ganz anders zu sein, als die, die ich mir hatte ins Gedächtnis rufen und vorstellen wollen. Während unserer gemeinsamen Zeit in Turdej hatte ich mich so sehr an sie gewöhnt, daß ich nicht mehr wußte, wie sie aussah. Jetzt sah ich, daß Vera schön war; mehr noch – daß ihre

Schönheit blendete. Etwas Neues hatte sich in ihr geöffnet oder vielleicht etwas, was ich früher nicht bemerkt hatte.

»Verotschka, ich habe dich nicht wiedererkannt, du bist anders geworden«, sagte ich.

»Jetzt bin ich so, wie ich wirklich bin, nicht wie im Waggon«, sagte mir Vera.

»Du bist eine Schönheit«, sagte ich. »Mir ist, als hätte ich dich früher nicht gesehen.«

»Das heißt, daß du dich wieder in mich verlieben wirst«, antwortete Vera.

Eine Minute später wußte ich detailliert Bescheid über Veras Schlampereien im Spital, wie man sie dort ausschimpfte und wie Nina Aleksejewna ihr immer zu Hilfe kam.

»Dieses Mädchen hat ein unstetes Wesen, sie eilt von jeder Schicht davon ...«, sagte Nina Aleksejewna und stockte. Wahrscheinlich hatte sie sagen wollen: »... eilt davon zu einem Rendezvous.«

Vera wurde etwas verlegen.

»Du weißt gar nicht, wie wir einander lieben, wir sind wie Schwestern, unsere Vermieterin dachte zuerst, daß wir Schwestern wären«, sagte Vera schnell. »Sie weiß auch über dich Bescheid, wir haben ihr erzählt, daß zu uns der wunderbarste, der liebenswürdigste und mein allerliebster Mensch kommt.«

Die Vermieterin erschien bei diesen Worten in der Tür, grinste und verschwand gleich wieder. Bald darauf ging auch Vera – sie mußte sich wenigstens kurz im Spital zeigen. Ich schlug Nina Aleksejewna einen Spaziergang vor.

Das Dorf stand in einer ebenen Steppenlandschaft, alle Wege glichen einander, und etwas abseits gab es einen riesigen, wahrscheinlich vom ehemaligen Gutsbesitzer übriggebliebenen Garten mit hohen alten Bäumen.

»Gehen wir dorthin!«, sagte ich.

»Lieber nicht«, antwortete Nina Aleksejewna. »Dort ist immer ein großes Gedränge, und das ist auch der Weg zum Spital, den ich schon satt habe.«

»Wir haben sonst keinen Ort zum Spazierengehen«, sagte ich. »Die Steppe ist zur Zeit trostlos und bietet überhaupt nichts für Spaziergänge. Und gibt es etwas Besseres auf der Welt als einen Herrengarten? Der da erinnert mich aus der Ferne an Watteau, ich muß ihn mir anschauen.«

»Es gibt da wirklich nichts zu sehen, und ich habe keine Lust, dort herumzuspazieren.«

Schließlich überredete ich sie. Der Garten war fast menschenleer, es gab kein Gedränge; nur auf einer Allee flanierten einige Verwundete.

»Haben Sie Verotschka tatsächlich liebgewonnen?«, fragte ich.

»Tatsächlich, sehr«, antwortete Nina Aleksejewna. »Sie hat einen unwiderstehlichen Charme. Ich mache alles, was sie will. Ich kenne sie jetzt wahrscheinlich besser als Sie. Das achtzehnte Jahrhundert hat nichts mit ihr zu tun. Vera ist lebendig, fröhlich, launisch. Sie haben nicht gesehen, wie sie mit den Fäusten fuchtelt und stampft, wenn sie im Spital Ärger hat, und wie sie danach lacht. Und mit Ihnen wird sie leise und traurig. Sie wirken beklemmend auf sie.«

»Das achtzehnte Jahrhundert war genauso lebendig wie unseres; Vera ist keine stilisierte Schäferin, in ihr lebt wirklich Manon Lescaut, sie hat nichts außer Liebe und Bereitschaft, Liebe entgegenzunehmen. Und ich wirke nicht beklemmend auf sie«, sagte ich.

In dieser Minute glaubte ich, Vera in einer entfernten Gartenecke zu sehen. Sie ging neben einem Mann; sie sah uns auch, blieb stehen und verschwand plötzlich. Vielleicht war sie es auch nicht. Bald kam uns ein hochgewachsener blauäugiger Junge im Soldatenmantel entgegen.

Als er neben uns war, grüßte er – nicht militärisch.

»Wer ist das?«, fragte ich.

»Das ist Fedja, unser Koch«, antwortete Nina Aleksejewna.

»Veras Galan?«, fragte ich schnell.

»Natürlich nicht«, sagte Nina Aleksejewna verlegen.

»Ich wirke nicht beklemmend auf Vera, sie ist mit mir unbefangen und echter als mit Ihnen«, sagte ich.

»Sie versuchen, sie immer wieder höher zu stellen, als es ihr entspricht, das schmeichelt ihr, und sie wird unnatürlich«, sagte Nina Aleksejewna.

»Ich glaube nun doch, daß Vera mich beiseite geschoben hat«, sagte ich.

»Wie können Sie es so verstehen ... ich meine, so denken? War sie etwa nicht begeistert, als Sie kamen?«, sagte Nina Aleksejewna.

Auf dem Rückweg holte uns Vera ein. Den ganzen Abend wich sie mir nicht von der Seite. Alles war wie früher. Ich konnte mich für keine Sekunde von ihr trennen. Ich hielt ihre Hand und wandte den Blick nicht von ihr. Wir sprachen wie immer über nichts. Ich blickte sie an, um in ihrem Gesicht lesen zu können. Sie war bei mir. Die Vergangenheit, sogar das, was heute war – falls im Garten in der Tat etwas gewesen war –, hatte für Vera aufgehört zu sein. Die Zeit war wieder stehengeblieben.

Ich bekam ein Zimmer im selben Haus. Als alle eingeschlafen waren, kam Vera, sehr leise, zu mir; ich hatte noch nie so qualvoll auf sie gewartet wie in jener Nacht. Sie schien mir wieder erwachsen und streng. Und gegen Morgen wurde sie wieder zum zartgliedrigen Mädchen und schlief auf meiner Schulter ein.

Ich stand spät auf; Vera und Nina Aleksejewna waren bereits ins Spital gegangen. Am selben Tag sollte ich fahren. Nina Aleksejewna hatte sich schon am Abend von mir verabschiedet, und Vera hatte mir versprochen, daß sie noch kommen und mich zum Auto begleiten würde. Der Morgen war vorbei; die Vermieterin betrat das Zimmer. Als ich die Übernachtung bezahlte, sagte sie plötzlich:

»Ich will Sie warnen: Es ist gefährlich, eine junge Frau ohne Aufsicht zu lassen.«

»Warum?« fragte ich, ohne zu hören und zu verstehen.

»Heute haben Sie hier die Nacht verbracht, und gestern war ein anderer Soldat an Ihrer Stelle.«

»Wie können Sie es wagen, mir solche Abscheulichkeiten zu erzählen!«, schrie ich mit solcher Wut, daß die Vermieterin im Nu verschwand. Aber das Wort war gefallen. Ich hatte den Beweis. Mir war so, als hätte ich nichts anderes erwartet, als hätte ich bereits am Vortag davon gewußt. Welch widerliche Schwäche meinerseits alles, was in der Nacht war! Ich erinnerte mich an Veras Heuchelei. Fedja der Koch war Veras Liebhaber. Im Garten hatte sie ihm über meine Ankunft Bescheid gesagt, damit er nicht käme. Ich wußte sehr wohl, daß das die Wahrheit war und nicht Klatsch. Die Nachricht hatte mich nicht betäubt, weil ich mich innerlich schon längst darauf vorbereitet hatte. Und doch, trotzdem hatte sie mich betäubt. *Und davor, noch in Turdej, gab es einen Kosaken. Und vielleicht Aslamasjan,* dachte ich.

Als Vera kam, um mich zum Auto zu bringen, mußte ich mich zwingen, sie anzuschauen. Sie war zerstreut; ich glaubte, daß sie mich möglichst schnell loswerden wollte. Ich verabschiedete mich so von ihr, wie ich es geplant hatte, ohne mir etwas anmerken zu lassen, als wäre nichts passiert. Ich küßte sie sogar; trotzdem wurde der Abschied noch kälter, als ich gedacht hatte. Ich setzte mich ins Auto und blickte nicht zurück, sah sie nicht noch einmal an.

Vor mir lag eine lange Reise durch alle Dörfer der Umgebung. Zur Übernachtung blieb ich in einem Feld, etwa dreißig Werst vom Dorf entfernt. In der Nacht weckte mich der Fahrer. Am Horizont stand ein riesiger Feuerschein. Wir hörten Explosionen.

»Das ist in dem Dorf, wo das Spital ist«, sagte mir der Fahrer.

XXX. Der Brief mit der Nachricht von Veras Tod, den die völlig niedergeschmetterte und verzweifelte Nina Aleksejewna geschrieben hatte, holte mich in einem entfernten Dorf ein. Ein junger Soldat aus dem Spital brachte mir den kleinen Umschlag. »Vera ist getötet. Ich weiß nicht, wie ich Ihnen schreiben soll. Sie wurde ganz ausgelöscht, nicht einmal ihr Körper blieb. Das Zimmer, in dem sie sich aufhielt, ist vollständig zertrümmert. Ich fand nur einen Fetzen von ihrem Kleid. Ich konnte Ihnen nicht sofort schreiben, kann es auch jetzt nicht. Für Sie ist es noch entsetzlicher als für mich, und ich vergehe vor Entsetzen.«

Mein Denken setzte so langsam ein, als dächte ich gar nicht, sondern sähe mich selbst von oben, geduckt, mit zitterndem Hals. Stünde ich, wäre es gut, zu fallen und den Kopf zu zerschlagen wie eine Wassermelone und zu sterben. Der Soldat wandte sich von mir ab. Mir schien, als ob ich auf einer Planke über dem Nichts schliche, kröche. Ich zuckte zusammen, als wäre ich abgestürzt, und packte den Soldaten an der Schulter.

Er konnte mir fast nichts erzählen. Es hatte einen Bombenangriff gegeben, dann einen Brand. Es gab viele Tote und Verwundete. Das ganze Gebäude war zerstört. Eine Bombe hatte das Dach durchschlagen und war im Zimmer explodiert.

»Kanntest du Vera?«, wollte ich den Soldaten fragen, aber ich war nicht in der Lage, diese Worte auszusprechen.

Ich fuhr sofort los. Es war schon Abend; den ganzen Tag hatte es geregnet, das Auto kroch langsam über den glitschigen Lehm, rutschte, blieb immer wieder stehen und verspritzte Schlammfontänen. Ich saß zusammengekauert in der Fahrerkabine, als drückte mich die Luft mit ihrer Schwere nieder. Mir war meine untilgbare Schuld gegenüber Vera bewußt. Ich war es, der sie zum Tode verurteilt hatte. Ich hatte eine Katastrophe erwartet und sie damit heraufbeschworen. Ich hatte ihre Untreue nicht verzeihen können. Sie war gestorben. Nun fiel es leicht zu verzeihen. Aber würde die Tote alles Schlechte verzeihen, was ich ihr angetan und was ich von ihr gedacht hatte?

Der Wagen kam kaum vorwärts; schließlich blieb er mitten auf der Straße stecken. Die Räder drehten sich auf der Stelle.

»Weiter kommen wir nicht«, sagte der Fahrer.

Ich sprang heraus und ging zu Fuß weiter, ohne zu wissen, ob ich tatsächlich in Richtung Dorf unterwegs war.

**XXXI.** Ich ging, ohne auf den Weg zu achten, über die lehmige, glitschige und schlammige Steppe. Um mich herum brachliegende Felder und Senken. Die Nacht brach schnell an. Der furchtbare Steppenwind blies unausgesetzt, und es regnete in Strömen. Ich konnte gar nicht anders als weitergehen. Mir wurde auf eine seltsame Weise leichter zumute, als ich allein war. Alles wurde anders: Das Gedächtnis hörte auf zu existieren, nichts blieb von den Verbindungen mit Menschen und Dingen, mit allem Leben, das in einer Form eingerichtet ist und darin verläuft; die Zeit verging nicht. Ringsum war Leben – ein besonderes, abseits aller Bestimmungen. Vera und ich betraten es ohne Namen. So konnte ich Vera aufs neue lebendig fühlen. Die Nacht war nicht dunkel und nicht hell – es herrschte ein seltsames Dämmerlicht, in dem man wohl sehen konnte, nur erschien alles verschwommen; die Gegenstände wurden zu formlosen Erinnerungen. Ich ging weiter, ohne die eigene Bewegung zu spüren: Unter meinen Füßen dieselbe Steppe, Regen und Wolken blieben dieselben. Vielleicht wandert die Seele so nach dem Tod. Vera war bei mir. Ich wußte, daß ich mich an der Grenze zwischen Leben und Tod bewegte und daß diese Grenze die Unsterblichkeit ist.

Wahrscheinlich irrte ich lange durch die Steppe, bevor ich zum Fluß kam. Die Nacht wurde nicht dunkler und nicht heller. Möglicherweise fiel ich und stand wieder auf. Kann sein, daß ich im Kreis lief. Mir aber schien, daß ich immer geradeaus ging, wie an einem Faden entlang, der durch den Raum gezogen war. Ein Dorf lag an der Straße. Ich betrat ein fremdes Haus, breitete meinen Mantel auf dem nackten Boden aus und schlief augenblicklich ein. Man weckte mich kurz nach vier. Der Morgen war kühl, rein und lieblich. Die Sonne – höchste Entfaltung und höchster Triumph der Form. Vom hohen Ufer des Sosna-Flusses sah ich die Pfade, Felder und Senken, über die ich in der Nacht geirrt war.

## Kommentar

**Seite 4** Dem Andenken Michail Kusmins gewidmet
Michail Kusmin (1872–1936), einer der wichtigsten Dichter der russischen klassischen Moderne. Seine Gedichte (insbesondere die späten, expressionistisch anmutenden und vom deutschen expressionistischen Stummfilm inspirierten) hatten eine starke Wirkung auf die russische Dichtung des 20. Jahrhunderts. Über seine Rolle als ein, wenn nicht *das* Zentrum der »Parallelkultur« im Leningrad der 20er bis 30er Jahre siehe ausführlicher im Nachwort.

1909 schrieb er ein Manon-Lescaut-Gedicht, das ein unvergeßliches Bild schafft:

*... Von den ersten Worten in einer Ganoventaverne an*
*Blieb sie sich treu, mal bettelarm, mal reich,*
*Bis sie kraftlos auf den Sand sank,*
*Fern heimatlicher Gräser, und mit einem Degen,*
*Nicht mit einem Spaten begraben wurde –*
*Manon Lescaut!*

Marina Zwetajewa erinnert sich in einem kleinen Memoire über Michail Kusmin, wie sie mit ihm über dieses Gedicht gesprochen hat:

»Und ich habe mit fünfzehn Ihr ›Begraben mit dem Degen – nicht Spaten – Manon Lescaut!‹ gelesen. Nicht selber gelesen, ein anderer hat es mir aufgesagt, mein damaliger Quasi-Bräutigam, den ich dann nicht geheiratet habe, weil er ein Spaten war: und der Bart ein Schaufelbart, und überhaupt.«

Kusmin, erschrocken:

»Ba-art? Ein vollbärtiger Bräutigam?«

Ich, im Bewußtsein, daß ich Schrecken einjage:

»Ein Spatenquadrat, eine haarige Umrahmung, daraus unverschämt-ehrliche blaue Augen hervorleuchteten. Ja. Und als ich von ihm erfuhr, daß es solche gibt, die man mit dem Degen begräbt, solche, die mit dem Degen begraben – ›Mich mit dem Spaten? Nein!‹ ... Und was war das für eine wunderbare Herausforderung der alten Welt, was für eine Formel eines Jahrhunderts: ›Begraben mit dem Degen – nicht Spaten – Manon Lescaut!‹ Ist das Ganze nicht wegen dieser einen Zeile geschrieben?«

»Wie alle Gedichte – wegen der Schlußzeile.«

»Die zuerst kommt.«

»Oh, Sie wissen auch das!«

(Zitiert aus: Marina Zwetajewa: *Ein Abend nicht von dieser Welt. Prosa.* Aus dem Russischen übersetzt von Ilma Rakusa. Suhrkamp Verlag 1999, S. 114 f.)

Zwetajewa hat, bestimmt von Kusmins Gedicht beeindruckt, auch ein Manon-Lescaut-Gedicht verfaßt:

*... Chevalier des Grieux, vergeblich*
*Träumen Sie von der schönen,*
*Launischen, nicht sich selbst gehörenden,*
*Liebeshungrigen Manon ...*

All das bedeutet, daß Manon Lescaut für die russische Literatur eine fast heimische Figur ist, daß ein russischer Leser, wenn er dem Namen Manon Lescaut begegnet, als erstes nicht unbedingt an den Roman von Prévost oder an Puccinis Oper denkt, sondern eher an ein paar russische Gedichte.

**Seite 5** Nicht verflogen ist der Zauber

*Nicht verflogen ist der Zauber, / Wieder eintreten wird das Vergangene* – so lauten die beiden letzten Zeilen eines berühmten Gedichtes von Wassili Andrejewitsch Schukowski (1783–1852), dem Begründer der russischen Romantik. Der gebildete Leser, der dieses Gedicht in der Schule (im vorrevolutionären Gymnasium) hatte auswendig lernen müssen, kennt natürlich nicht nur die vorletzte, sondern auch die letzte Zeile, die den gesamten Sinn des Mottos verbirgt: Hier geht es ums Wiederbeleben der vergangenen Schönheit, vergangenen Kultur, vergangenen Zeit. Die Vergangenheit wird eintreten, wie etwas Prophezeites eintritt. Solche Spiele waren sehr charakteristisch für die russische Kulturschicht: Die Menschen kannten sehr viele Gedichte auswendig, man kultivierte das regelrecht, so konnte man darauf bauen, daß der Leser die *nicht genannten* Zitatteile erkennt.

**Seite 16** eine rätselhafte Ähnlichkeit mit Marie-Antoinette
Die Besessenheit des Ich-Erzählers von Marie-Antoinette, der geköpften Königin Frankreichs, der Vera Muschnikowa seiner Meinung nach ähnelt, wird in dem Roman noch eine Rolle spielen. In einem späteren Kapitel lesen wir: *Ich hatte seit jeher ein bestimmtes Bild von Marie-Antoinette, ich wußte nicht mehr, ob ich es mir ausgedacht oder ob ich irgendwo darüber gelesen oder es gesehen hatte: Marie-Antoinette steht mit dem Rücken zum Saal am Fenster und schaut mit maßloser Anspannung zu, wie das Volk vor ihrem Palast tobt.*

Diese Vision steht für die alte, zerstörte, von der Revolution vernichtete Welt, Kultur, Ordnung. Der Vergleich der russischen Revolution mit der französischen war in den 20er Jahren ein (auch von den Bolschewisten gerne benutzter) Gemeinplatz. Später, nachdem Stalin an die Macht gekommen war, wurde man vorsichtiger mit den Vergleichen.

**Seite 16** Ich nahm den »Werther« aus meiner Feldtasche
Der Ich-Erzähler liest *Die Leiden des jungen Werthers* auf deutsch. Er zeigt damit (in erster Linie sich selbst), daß er nicht nur die sowjetische Realität ignoriert, sondern auch die Realität des Krieges. Alles Deutsche war selbstverständlich verpönt und in

einer realen, nicht so speziell konstruierten Situation hätte man sich davor gehütet, ein deutsches Buch mit sich zu führen: Man hätte leicht als Spion und Verräter denunziert werden können. Hier hat er keine Angst davor, und das ist die Haupteigenschaft seiner persönlichen Utopie: keine Angst mehr zu haben und Herr der Situation zu sein.

**Seite 25** Im Hause Oblonskij war alles durcheinander
Der berühmte zweite Satz aus *Anna Karenina,* den man in Rußland sprichwörtlich sagt, wenn es zu einer Verwirrung kommt. Zitiert aus: Lew Tolstoj, *Anna Karenina.* Herausgegeben von Gisela Drohla. Übersetzt von Hermann Röhl. Insel Taschenbuch 3484; 2010.

**Seite 31** ein Gedicht von Olejnikow
Daß der Erzähler sich ein Gedicht von Nikolaj Olejnikow (1898–1937) aufsagt, ist noch ungewöhnlicher, als daß er »Werther« auf deutsch liest. Olejnikow gehörte zum Freundeskreis von und zur Dichtergruppe um Daniil Charms, den sogenannten *Oberiuten* oder *Tschinari.* Heute zählt man sie, und nicht nur in Rußland, zu den bedeutendsten Autoren des 20. Jahrhunderts, damals waren sie, außerhalb der Kinderliteratur, in der die meisten von ihnen einen Brotberuf gefunden hatten, völlig unbekannt. Olejnikow wurde 1937 verhaftet und hingerichtet. Seine Gedichte persiflieren das ernste und tragische, »hohe« Absurde der Gedichte und Dramen von Daniil Charms und Alexander Wwedenskij. Olejnikows Verse wirken auf den ersten Blick humoristisch; nur bei näherer und tieferer Lektüre bekommen sie dieselbe tragische Note wie die Werke seiner Freunde.

**Seite 44** wie Manilow und Tschitschikow
Figuren aus *Tote Seelen* von Nikolaj Gogol. Manilow erwähnt man sprichwörtlich für übertriebene, manierierte Höflichkeit und grundlose Träume und Projekte. In »Die Stadt N.« von Leonid Dobytschin, einem der wichtigsten Texte der späten Literaturmoderne in Rußland, träumt der junge Ich-Erzähler von einer Freundschaft wie der zwischen Tschitschikow und Manilow – er versteht Gogols Ironie nicht, nimmt alles wörtlich, was zu interessanten Effekten führt. Den schmalen Roman kann man auf deutsch in zwei Übersetzungen genießen (zuletzt in der von Peter Urban, Friedenauer Presse, Berlin 2009). Diese wunderschöne Prosa kannten im Leningrad der 30er Jahre viele auswendig.

**Seite 46** Der Betriebsbahnhof hatte einen französischen, irgendwie bretonisch klingenden Namen: Turdej
Turdej ist der einzige Ort, der hilft, die Erzählung zu lokalisieren: Es ist ein Dorf im Umkreis der Stadt Tula, etwa 200 Kilometer südlich von Moskau. Der Name ist tatarischer Herkunft. Der Erzähler würde den Namen, der für ihn »französisch, irgendwie bretonisch« klingt, etwa so schreiben: »Tourdeille«. Näheres dazu siehe im Nachwort.

**Seite 49** Bildkarte von dem fürchterlichen »Selbstbildnis mit dem fiedelnden Tod« von Böcklin
Das »Selbstbildnis mit dem fiedelnden Tod« des Schweizer Künstlers Arnold Böcklin (1827–1901) war, neben seinem Gemälde »Die Toteninsel«, überall, auch in Rußland, sehr berühmt. Reproduktionen seiner Bilder waren Ende des 19., Anfang des 20. Jahrhunderts in vielen Wohnzimmern gebildeter Russen zu finden. Sergej Rachmaninow wurde von dem Bild »Die Toteninsel« zu seiner gleichnamigen Tondichtung inspiriert.

**Seite 52** Gottesnarr
Das russische Wort »jurodiwyj« bedeutet eigentlich »ein Narr in Christo«, ein Mann oder eine Frau, der oder die in Lumpen von einem Dorf zum anderen zieht, betet, singt, bettelt, oder von frommen Leuten ernährt und bei sich gehalten wird; er oder sie kann auch prophetische Fähigkeiten aufweisen. Im übertragenen Sinne nennt man so die Menschen, die keinen praktischen Verstand haben, Tagträumer, Bücherwürmer und Habenichtse. Oder auch Idioten.

**Seite 60** Abends zündeten wir zur Beleuchtung Kienspäne in einem Halter an
Der Kienspan ist ein seit der Steinzeit und in Dörfern noch bis ins 20. Jahrhundert verwendetes Beleuchtungsmittel. Petrow benutzt hier ein sehr altes und seltenes russisches Wort: »Swetez« (Lichtlein).

*Olga Martynova*

Oleg Jurjew

**Kriegsidylle und Liebesutopie**

*Die Manon Lescaut von Turdej*

(über Wsewolod Petrows Erzählung und nicht allein über sie)

1. *Zwei Texte* Um diese hinreißende und bittere Liebesgeschichte, die vor dem Hintergrund einer bewußt verallgemeinerten, fast bis zur Unkenntlichkeit reduzierten Kriegslandschaft spielt, mit Vergnügen und Mitgefühl zu lesen, braucht man so gut wie keine Vorkenntnisse in der Geschichte der russischen und der Weltliteratur.[1] So möge der Leser, der diese zauberhaften Seiten gerade hinter sich hat und keine »Entzauberung« will, an dieser Stelle an den Anfang des Romans zurückkehren und ihn noch einmal lesen. Das würde mich freuen. Oder er möge das Buch zuklappen und spazierengehen, die heiteren jungen Frauen von heute an sich vorüberstöckeln lassen, sie mit Melancholie und Verständnis betrachten: Jede von ihnen kann das Schicksal der Vera Muschnikowa ereilen, der Manon Lescaut von Turdej. Dafür muß frau nur in die Liebe verliebt und bereit sein, alles, auch sich selbst, dafür zu opfern. Und solche Frauen, Carmens und Manons, sind auch heute nicht selten anzutreffen.

Der Leser, der mehr will, kann gerne bleiben, hier auf den Seiten dieses Nachworts: Ich werde versuchen, einige Hinter-

1 Sogar die Geschichte der »richtigen« Manon Lescaut, an die sich unser Roman anlehnt (siehe dazu *L'Histoire du chevalier des Grieux et de Manon Lescaut*, Kurzroman von Abbé Prévost, veröffentlicht 1731, oder höre dazu Puccinis Oper Manon Lescaut) braucht man nicht ausführlich zu kennen – man muß sich lediglich daran erinnern, daß dieser Name für Liebe, Schönheit, Verrat und Unglück vor den Kulissen des 18. Jahrhunderts steht, und das können wohl die meisten. Alles andere ist im Text enthalten.

gründe und Zusammenhänge zu klären, um zum Verständnis nicht nur der *Manon* und deren Autors, sondern auch der russischen Kultur und Literatur des 20. Jahrhunderts beizutragen.

Anno Domini 1946, im ersten Nachkriegsjahr also, in der Atmosphäre des »kleinen Nachkriegstauwetters 1945–1946«, das bekanntlich durch den bereits am 14. August 1946 verabschiedeten Beschluß des ZK der KPdSU(B) *Über die Zeitschriften »Swesda« und »Leningrad«*[2] abrupt beendet wurde, wurden zwei Prosastücke fertiggestellt, in denen ein militärischer Lazarettzug sowohl Schauplatz als auch in gewisser Weise der aktiv am Geschehen teilnehmende Held war.

Das erste Werk verfaßte die nicht ganz junge, aber kaum bekannte Journalistin und Bühnenautorin Wera Panowa (1905–1973): *Weggefährten* (oder *Weggenossen* in der Übersetzung von 1947, Verlag Tägliche Rundschau, Berlin) wurde zu *dem* Erfolg dieses Jahres (neben Wiktor Nekrassows *In Schützengräbern Stalingrads*), bekam den Stalinpreis der 1. Kategorie und begründete Panowas Ruhm und Stellung in der offiziellen Schriftstellerhierarchie. Nicht ganz unverdient: *Weggefährten* gehört zweifelsohne zu den besseren Texten der Sowjetliteratur der 40er bis 50er Jahre – sauber geschrieben, nicht übermäßig mit Propagandasprüchen verseucht, mit Figuren ausgestattet, die beinahe lebensnah aussahen (bis zu gewissen Grenzen, die allen sowjetischen Lesern bekannt waren).

Den zweiten Spitalzugtext schrieb ein gerade aus der Armee entlassener vierunddreißigjähriger Offizier, der zu seiner

2 Dieser berühmte Beschluß war gegen die »Knechtsseligkeit gegenüber der bürgerlichen Kultur« gerichtet – der des Westens, aber auch der der russischen Moderne, und speziell gegen Anna Achmatowa und Michail Soschtschenko.

Arbeitsstelle als wissenschaftlicher Mitarbeiter des Russischen Museums[3] in Leningrad zurückgekehrt war und sich später als Kunstwissenschaftler und Autor vieler Bücher über die russische Kunst einen Namen machen sollte,[4] Wsewolod Petrow (1912–1978). Sein Text, eine kleine Novelle, die höchstwahrscheinlich von der Lektüre von Panowas *Weggefährten* angeregt wurde, blieb zu Lebzeiten des Autors unveröffentlicht. Auch nach seinem Tod mußte sie beinahe drei Jahrzehnte auf das Licht der Öffentlichkeit warten, obwohl der Autor sie nie verheimlicht hatte: Er las aus ihr seinen Gästen vor, z. B. an seinen Geburtstagen, er zeigte sie einigen Bekannten. Er versuchte nur nicht, sie zu veröffentlichen. Warum? Weil er das für sinnlos hielt? Aus Ekel vor den Barbaren in den damaligen Redaktionen? Aus der klaren Erkenntnis heraus, daß diese kleine Novelle Inhalte transportierte, die mit der Sowjetliteratur nicht kompatibel waren – stilistisch, philosophisch und auch politisch?

*Die Manon Lescaut von Turdej* ist einer der glänzendsten, wichtigsten und reichhaltigsten Texte der russischen Literatur des 20. Jahrhunderts, man könnte auch sagen, sie ist in gewissem Sinne ein, wenn nicht *der* Schlüssel zu einigen Geheimnissen der russischen Kulturgeschichte – ein Schlüssel, der genau sechzig Jahre lang in Wsewolod Petrows Schublade lag. Erst 2006 wurde er greifbar. Die Veröffentlichung in der Moskauer Zeitschrift *Nowyj mir* (Heft 11, 2006) wurde eine kleine Sensation. Wahrscheinlich war es an der Zeit.

3 Das Russische Museum, ehemals das Alexander-III.-Museum, eines der zwei führenden Museen für russische Kunst (das zweite ist die Tretjakow-Galerie in Moskau).

4 Einige davon sind ins Deutsche übersetzt: z. B. *Art Nouveau in Rußland.* Parkstone International / Kroemer 1997.

Jetzt liegt *Die Manon Lescaut von Turdej* dem deutschen Leser vor – die erste Übersetzung dieses wunderbaren Textes in eine Fremdsprache.

2. *Zwei Literaturen* Die (gar nicht zufällige) Ähnlichkeit beider Texte ist für uns sehr vorteilhaft. Schon bei einem kurzen Vergleich kann man deutlich sehen, was die zwei Literaturen, ja die zwei Kulturen unterscheidet, die in der Sowjetunion der 30er bis 50er Jahre parallel existierten – die erste, »offizielle«, aus ihrer Sicht einzig mögliche, einzig richtige und wahre.

Die andere Kultur existierte neben der ersten, für das breite Publikum unsichtbar. Existent war sie nur für einen sehr engen Kreis, für die Menschen, die selbst an der russischen Moderne aktiv teilgenommen hatten, d. h. aus der Epoche stammten, die in der russischen Kulturgeschichte traditionell den Namen »das Silberne Zeitalter« trägt (im engeren Sinne die Jahre 1900 bis 1910),[5] und für die Jüngeren, die sich von der Atmosphäre dieser Epoche fasziniert und angelockt fühlten. Neben einer normalen Karriere, einem normalen Sowjetbürgerleben (Schule, Uni, Arbeitsstelle; Elend der Gemeinschaftswohnungen, Mangel an allem Eßbaren und Anziehbaren, die überall spürbare Herrschaft der mit entsprechender proletarischer oder bäuerlicher Herkunft ausgestatteten Kulturaufpasser und ihrer gebildeteren Helfer) führten diese eine Art Parallelleben.

Im Leningrad der 20er bis 30er Jahre war eines der Zentren (wenn nicht *das* Zentrum) dieser »zweiten«, parallelen Kultur

5 »Das Goldene Zeitalter« der russischen Kultur ist die »Puschkinzeit«, die 10er bis 20er Jahre des 19. Jahrhunderts, was man nicht als qualitative Einordnung sehen muß: »Das Silberne Zeitalter« steht dem »Goldenen« in seiner Wichtigkeit für die russische Kultur, mindestens in der Fülle der Meisterwerke, in nichts nach.

das Haus (eigentlich ein Zimmer in einer Gemeinschaftswohnung, wo noch etliche Wohnparteien lebten) des berühmten Lyrikers, Romanciers und Musikers Michail Kusmin. Seinem Andenken ist unser Roman gewidmet, was sofort zeigt: *Das wird keine sowjetische Literatur.* Kusmins allgemein bekannte Begeisterung für das 18. Jahrhundert beeinflußte Wsewolod Petrow stark: Er besuchte regelmäßig dieses »offene« Haus, vom Jahre 1933 bis zum Tod Kusmins (1936), worüber er sehr schöne Erinnerungen hinterließ.[6]

Die »erste« Kultur nahm die »zweite« nicht wahr, weil eine solche im Land der siegreichen »Kulturrevolution« aus ihrem ideologischen Selbstverständnis heraus nicht existieren *konnte.* Sie war eliminiert worden – zusammen mit der »Ausbeuterschicht«, sie hatte keinen Nährboden mehr in der sozialistischen Gesellschaft, *dieses selbstgefällige Sich-Ergötzen an schönen Bildern und schönen Sätzen statt Erziehung der Werktätigen zum Kampf für die bessere Zukunft der Menschheit.*

Die Tatsache, daß man sich von Zeit zu Zeit genötigt fühlte, ihre »Reste« zu bekämpfen (siehe den erwähnten Beschluß über »Swesda« und »Leningrad«), stellte in der einzigartigen Logik der totalitären Kultur keinen Fehler dar: Es zeigte nur, daß der Klassenfeind noch nicht gänzlich entwurzelt war. Später, in den 60er Jahren, konnte man diese Logik sehr anschaulich an Chruschtschows Kritik der avantgardistischen Maler oder am Prozeß gegen Joseph Brodsky studieren.

Die »zweite« Kultur, die in der Tat aus den »Resten der alten Kultur« bestand (die sich sehr vorsichtig im Verborgenen

6 Ws. Petrow, »Cagliostro (Erinnerungen und Gedanken über M. A. Kusmin)« in *Nowyj schurnal*, New York, 1986. Heft 163. S. 81–116.

reproduzierten, was auch einer der größten Vorwürfe der Propaganda war: *Verführung sowjetischer Jugend zu fremdartigen Interessen und Geschmäckern*), nahm die »erste« sehr wohl wahr! Sie konnte es sich nicht wirklich leisten, sie zu ignorieren. Man mußte leben, Zeitungen lesen, ins Kino und Theater gehen, Rundfunk hören. Sie nahm jedoch diese herrschende Kulturumgebung nicht als eine vollwertige Kultur wahr, sondern als eine Zivilisation von Barbaren, die in den Ruinen der von ihnen zerstörten Prachttempel ihre primitiven Rituale betrieben.[7] Was nicht bedeutete, daß man mit den »Barbaren« und ihren Erzeugnissen nicht ab und an künstlerisch kommunizierte, nicht versuchte, aus diesem kümmerlichen Sowjetleben Kunst zu gewinnen. So funktionieren die wunderbaren Romane von Konstantin Waginow, die dem deutschen Leser teilweise zugänglich sind.[8] So funktioniert der lange vergessene, aber

7 Siehe dazu beispielsweise folgenden Auszug aus den »Gesprächen der Tschinari« (Mitte der 30er Jahre), wo die »Tischgespräche« der Mitglieder einer der wichtigsten Gruppen dieser verborgenen Kultur (Daniil Charms, Alexander Wwedenskij, Nikolaj Sabolozkij, Nikolaj Olejnikow, dessen Gedicht über die schöne Vera in unserem Roman zitiert wird) von Leonid Lipawskij aufgezeichnet sind:
»*Lew Druskin*: Manche haben diese Veränderungen des Menschen, denen wir jetzt beiwohnen, vorausgesehen – als käme in der Tat eine neue Rasse zum Vorschein. Aber alle haben sich das ungefähr und unrichtig vorgestellt. Wir jedoch sehen es mit eigenen Augen. Wir sollten darüber ein Buch schreiben, Zeugnis ablegen. Denn später wird es unmöglich sein, diesen für uns so deutlich spürbaren Unterschied zu begreifen.
*Leonid Lipawskij*: Das ähnelt den Aufzeichnungen des Marc Aurel in einer Zeit an der Grenze des Imperiums, in das er nicht mehr zurück kann und in dem er eigentlich nichts mehr zu suchen hat.«
(Übersetzt von Olga Martynova in ihrem Roman *Sogar Papageien überleben uns*, Literaturverlag Droschl, Graz 2010)
8 Konstantin Waginow, *Bocksgesang*, Verlag Johannes Lang, 1999; Konstantin Waginow, *Auf der Suche nach dem Gesang der Nachtigall*, Bibliothek Suhrkamp, Band 1094; Konstantin Waginow, *Bambocciade*, Reclam Verlag Leipzig.

heute mit Kultstatus ausgestattete Roman von Andrej Nikolew (Jegunow) *Jenseits von Tula* (1931), auf welchen wir später noch kurz zurückkommen. So funktioniert auch Wsewolod Petrows *Manon*. Hier aber wird mit einer Barbarentochter ein sehr gefährliches Spiel getrieben.

3. *Zwei Züge* In *Weggefährten* von Wera Panowa wird die Geschichte eines Spitalzugs und seiner Besatzung erzählt, mit Kommissar Danilow und Chefarzt Below an der Spitze. Diese und andere Figuren, Schwestern, Ärzte, Hilfsarbeiter, auch einige Verwundete, werden ausführlich vorgestellt – mit ihrer Vorgeschichte und mit einem Blick in ihre innere Welt, die vollkommen plausibel erscheint, wenn man von gewissen »Auslassungen« absieht.

Der Zug fährt von einer Front zur anderen, gerät unter Luftangriffe, kommt mit den Verwundeten zurück ins Hinterland, bereist eigentlich die halbe Sowjetunion, von den ersten Kriegstagen bis zur Zeit nach Stalingrad, der Zeit des kommenden Sieges. Der Zug fährt durch die befreiten Gegenden der Ukraine, kommt ins zu befreiende Polen, kehrt zurück ... Dieser nicht besonders umfangreiche Roman hat eine erstaunliche zeitliche und räumliche Breite vorzuweisen, und auch eine Fülle von Informationen über medizinische, technische, organisatorische Arbeitsweisen eines Spitalzugs. Wir erfahren sehr viel ... mit Ausnahme dessen, was wir nicht erfahren, und gerade diese Auslassungen interessieren uns heute im Unterschied zum sowjetischen Leser von damals, der sie für selbstverständlich hielt. Er wußte, wovon nicht erzählt wurde, war aber geschult, dies nicht zu bemerken.

Es gibt in diesem Buch keine Fehler der Obrigkeit (geschweige denn Stalins), kein Chaos der ersten Kriegstage, keinen allmächtigen NKWD auf seiner immerwährenden Jagd nach richtigen und falschen Feinden, keine Straflager und Repressalien aus der Vorkriegszeit in den Biographien der Figuren (was in der Realität schier unmöglich war). Es gibt keine Millionen Sowjetbürger, die – wenn nicht alle mit Freude, dann viele mit Hoffnung – die vorrückenden deutschen Truppen in Empfang genommen hatten.[9] Es gibt eigentlich nichts, was dem offiziellen Weltbild widerspräche ...

Wobei ausgerechnet Wera Panowa diejenige war, die am besten Bescheid wußte. Zu Beginn des Krieges lebte sie mit ihrer Tochter in Puschkin (ehemals Zarskoje Selo, die Zarenresidenz), in einem Schriftstellererholungsheim. Ihre zwei Söhne, ihre Mutter und die Mutter ihres im Straflager gestorbenen Mannes, des 1934 verhafteten Journalisten Boris Wachtin, hielten sich zur selben Zeit in einem ukrainischen Dorf auf, wo die Familie sich 1937 angesiedelt hatte. Rostow am Don, wo sie herstammten, wurde nämlich für sie gefährlich, der *Große Terror* begann. So clever war Wera Panowa, daß sie begriffen hatte, daß man sich retten konnte, indem man den Wohnort änderte, sich in einem kleinen Dorf vor dem NKWD versteckte, der sich zunehmend Verschwörungen ausdachte.

Im September 1941 marschierten die Deutschen in Puschkin ein, Panowa wurde nach Estland verschleppt, zu irgendwelchen

9 Man muß dazu auch wissen, daß die deutsche Reichswehr in den Gebieten der Ukraine, die sie im Laufe des Ersten Weltkriegs besetzt gehalten hatte, einen guten Ruf hinterließ. Deshalb glaubten viele der sowjetischen Propaganda nicht, die von der mörderischen Natur des Nationalsozialismus berichtete. Auch viele Juden im Süden Rußlands haben daran nicht geglaubt (*die Deutschen – eine europäische Kulturnation, das Volk Goethes, Schillers usw.*, argumentierten sehr viele – fast alle haben für diesen Glauben mit ihrem Leben und dem Leben ihrer Lieben bezahlt).

Arbeiten. Es gelang ihr aber, zu entkommen und sich auf den langen Weg zu ihrer Familie in die Ukraine zu machen. Diese erstaunliche Frau kam – mit ihrer kleinen Tochter – durch das zerstörte Land zu ihrer Familie! In jenem entlegenen Dorf warteten sie die Befreiung ab. Wenn jemand eine *reale* Vorstellung vom Leben in der Sowjetunion während des Krieges (und auch vor dem Krieg, in der Zeit der »großen Säuberungen«) hatte, dann war es bestimmt sie, Wera Panowa. Aber davon ist in ihren *Weggefährten* so gut wie nichts zu lesen. Man muß verstehen, daß sie nicht gelogen oder verfälscht hat: Nach den Regeln der Kultur, der sie angehörte, war all das keine »Realität«, die abgebildet werden sollte. Man strebte die »höhere Realität« an, die den Menschen erzieht. Zwar nannte sich der »Sozialistische Realismus« Realismus, war aber eher ein »Sozialistischer Klassizismus«: Ein Autor beschreibt das Leben nicht, wie es ist (genauer gesagt, wie er es selbst gesehen hat), sondern wie es entsprechend der aktuell geltenden Normen sein soll(te).

Nachdem die Rote Armee die Ukraine zurückerobert hatte, wurde Panowas Familie nach Perm (Ural) evakuiert, wo sie als Journalistin arbeitete und eines Tages den Auftrag bekam, eine populäre Broschüre über die Arbeitsweisen eines Spitalzuges zu verfertigen. Im Jahre 1944 fuhr sie eine Zeitlang in einem solchen Zug mit und sammelte das Material für die Broschüre. Daraus wurde *Weggefährten*.

In diesem Zug sind alle (fast alle) Besatzungsmitglieder sehr gute Menschen, Patrioten, die nur daran denken, wie sie einen Beitrag für den Sieg leisten können. Kleine menschliche Schwächen ändern daran nichts (etwas übermäßige Liebe zum Alkohol bei einem alten Monteur, die ihn aber nicht daran hindert, technische Wunder zu vollbringen, wenn es um Reparaturen und Verbesserungen des Zuges geht; die Neigung zur Koketterie und Leichtsinnigkeit bei einer Schwester, die natürlich sofort weicht, wenn es um die Arbeit geht usw.). Im Gegenteil, sie machen die Figuren lebendiger, verständlicher für den Leser. Es gibt unter diesen sympathischen Menschen nur einen einzigen Negativhelden, der aber nichts Schlimmes tut – er ist nur unsympathisch: egoistisch, feige und weit davon entfernt, mit allen anderen zusammen nur »für die Front, nur für den Sieg« zu leben. Er lebt für sich, tut aber alles, was von ihm verlangt wird. Und hier kommen wir zum wahrscheinlichen Initialanstoß für Wsewolod Petrow: Der unsympathische Arzt Suprugow ist ein Mensch, der all das liebt, was Petrow und die Menschen seines Schlags liebten, Kunstgegenstände, venezianisches Glas, Porzellan, antiquarische Bücher, das 18. Jahrhundert, und – o Schreck! – er besitzt einige Jahrgänge des Almanachs »Schipownik« (»Wildrose«), eines der wichtigsten Literaturorgane des »Silbernen Zeitalters«, wo führende Dichter dieser Zeit publizierten, von Alexander Blok bis eben Michail Kusmin. Ich glaube, Wsewolod Petrow fühlte sich bei der Lektüre des Buches persönlich angegriffen, weil er sich unter dem ganzen Personal des Erfolgsromans ausschließlich und allein mit dem unsympathischen Suprugow identifizieren konnte. Und er schrieb eine Erzählung im Namen eines solchen – eines Menschen, der zwar alles tut, was von ihm verlangt wird, aber nicht dazugehört. Und auch nicht dazugehören will.

Der Ich-Erzähler der *Manon Lescaut von Turdej* ist quasi Petrows »entkarikierter« Suprugow. Nicht von ungefähr beginnt die Erzählung mit einem Anfall hysterischer Todesangst des Erzählers, die zu Atemnot und fast Herzstillstand führt. Eine solche Angst hat bei Panowa der egoistische Arzt Suprugow, als einziger der ganzen Besatzung! Der namenlose Erzähler bei Petrow *ist* ein Suprugow, der aber nicht unsympathisch ist, sondern ein feiner, nervöser und verträumter Mensch. Später wird er der einzige sein, der während einer Bombardierung mit der Angst kämpft und sich zwingt, »den anderen nicht hinterherzurennen«, weil »es peinlich ist, sich so zu retten«. Macht das ihn zu einem »Positivhelden«? Fürs erste stellte sich diese Frage für Petrow nicht: Er wollte nur die Situation berichtigen, in der er sich mit einem Widerling und Schwächling identifizieren mußte.

Und was macht er mit den Realitäten, die Wera Panowa ausläßt? Stellt er sie wieder her? Ersetzt er mit ihnen die »falschen« Realitäten, die »Normbilder«? Nein, das wäre der Weg eines »antisowjetischen Sozrealismus«, der Weg, den später Solschenitsyn und viele andere gegangen sind. Sie stellten die Kultur, in der sie erzogen und aufgewachsen sind, nicht in Frage – sie versuchten sie nur mit »Wahrheit« zu füllen. Was natürlich dazu führte, daß eine andere »Unwahrheit« entstand: Das Leben in der UdSSR bestand doch nicht ausschließlich aus Straflagern, Säuberungen, Angst und Elend.

4. *Reduktion als Mittel zur Wahrheitserhaltung* Wsewolod Petrow ist einen prinzipiell anderen Weg gegangen – den Weg der weiteren Reduktion. Anstatt »die Wahrheit« wiederherzustellen, reduziert er die Situation in seinem Roman bis zum (für ihn) Wesentlichen.

Allem Anschein nach liegt ein kleiner Liebesroman aus der Zeit des Zweiten Weltkriegs vor uns. Ein sowjetischer Spitalzug fährt von einer Front zu einer anderen. Der Protagonist, ein kultivierter Petersburger Intellektueller, ein Überbleibsel der alten vorrevolutionären Kultur, hat Herzanfälle und Todesangst, liest *Die Leiden des jungen Werthers* (selbstverständlich auf deutsch) und beobachtet das Leben dieser unfreiwillig zusammengeführten Gesellschaft: Militärärzte, Apotheker, Krankenschwestern, Aushilfspersonal. Eine seltsame Zwischenzeit mitten im Krieg: »Wir fuhren so lange, daß wir allmählich den Überblick über die Zeit verloren. Man fuhr uns zur neuen Front. Niemand wußte, wohin man uns schickte. Wir fuhren von Station zu Station, als ob wir uns verirrt hätten. Man hatte uns wohl vergessen.« Alle sind mit alltäglichen Sorgen beschäftigt, streiten miteinander, versöhnen sich, singen Lieder …

Mitten in *welchem* Krieg eigentlich? Dieser Krieg könnte auch der Erste Weltkrieg sein, obwohl wir wissen, daß der Roman vom Zweiten Weltkrieg handelt, das schon. Aber wir beobachten eine konsequente Aussparung aller Merkmale, welche die Situation historisch konkretisieren könnten – es gibt keine Kommissare (oder »Politischen Leiter«), keine Dienstbezeichnungen, die nicht auch im Ersten Weltkrieg hätten benutzt werden können, sogar das Wort »Towarischtsch« (Genosse) ist nicht einmal in seiner Armeefunktion zu hören, was schier unmöglich ist: Nach der Heeresdienstvorschrift der Roten Armee hatte man Vorgesetzte mit »Towarischtsch« plus Dienstgrad anzusprechen.

Petrows Spitalzug fährt von irgendwo nach irgendwo, die Ortsnamen sind nur mit dem ersten Buchstaben bezeichnet, allein die Station Turdej wird vollständig genannt, die Station, wo die Wendung des Romans zum tragischen Ende stattfindet. Die Arbeit der Ärzte und Schwestern sehen wir auch nicht, sie wird nur gelegentlich erwähnt. Selbst das Wort »Deutsche« finden wir hier nicht, der Krieg wird gegen einen namenlosen Feind geführt, über den wir nichts erfahren. Doch kann man nicht sagen, daß wir hier eine irreale, kafkaeske oder schematisierte Welt haben: Das ganze beschriebene Personal ist absolut lebendig. Mit sehr menschlichen Eigenschaften ausgestattet, sind alle deutlich als Sowjetmenschen der 30er bis 40er Jahre erkennbar. Man sieht sie und hört sie, diese Figuren, und nur sie »datieren« die Geschichte. Das macht einen besonderen Reiz dieser Erzählweise aus – die doppelte Reduktion erhält die Wahrheit.

5. *Kriegsromanze als persönliche Utopie* »Auf der Pritsche liegend, hatte ich mir die Liebe zu dieser sowjetischen Manon Lescaut ausgedacht. Ich hatte Angst davor, mir zu sagen, daß es nicht so war, daß ich mir nichts ausgedacht hatte, sondern tatsächlich alles vergessen und mich selbst verloren hatte und nur davon lebte, daß ich Vera liebte.« Sehr deutlich und klar gesteht der Erzähler sein Spiel: Einsam und belächelt, findet er unter den Zuggenossen ein menschliches Wesen, das in seine persönliche Utopie paßt, die Utopie des 18. Jahrhunderts – so weit wie möglich weg vom Jetzt.

Hier ist der Kern des inneren Konflikts: Sich selbst hält der sowjetische Offizier für unsowjetisch. Er *weiß* das von sich. Er lebt unter Barbaren, jetzt kämpft er mit ihnen zusammen gegen noch größere Barbaren, aber er ist etwas anderes. Er gehört zu einem »anderen«, nicht-sowjetischen Rußland. Doch er braucht Liebe, ein eigenes Leben, eine eigene, individuelle Utopie, und dafür macht er einen lebendigen, wirklichen, realen Menschen zum Spielball seiner Sehnsüchte und zum Spielzeug seiner persönlichen Mythen. Das kann nicht gut enden und endet tragisch.

Interessant: Als der Erzähler und Vera nach all den komischen und traurigen Szenen, Eifersuchtsattacken und schadenfrohen Reaktionen der Zugbesatzungsmitglieder endlich zusammenkommen, meldet sich der Krieg, also die Realität, zum ersten Mal: »Der Betriebsbahnhof hatte einen französischen, irgendwie bretonisch klingenden Namen: Turdej. Auf einem benachbarten Hügel stand das von der feindlichen Invasion geplünderte russische Dorf Kamenka.« An diesem Punkt beginnt die Zerstörung der utopischen Welt des Erzählers.

*Die Manon Lescaut von Turdej* ist anfänglich eine Kriegsutopie, wenn nicht gar eine Kriegsidylle. Aber nicht allein eine individuelle Utopie des Wsewolod Petrow. Vielen Menschen ähnlicher Abstammung und Biographie, die der vorrevolutionären Kulturschicht entstammten und im Sowjetrußland ein »Doppelleben« führten, schien der Krieg eine reinigende Quelle zu sein, die vom Sowjetrußland alles »Sowjetische« wegspülen würde.

Sie glaubten plötzlich – und Wsewolod Petrow drückt dieses Gefühl sehr plastisch aus –, daß *Rußland* wieder da sei, einfach Rußland: Soldat, Frau, Erde, Liebe, Tod.

Sie glaubten, daß man endlich nicht gegen *sie* Krieg führte, sondern gegen einen »äußeren Feind«. Daß das Volk im Wesen dasselbe geblieben sei (wie es gewesen war, wenn man nach den Büchern der Tolstois, Turgenjews und Leskows urteilte) und die ganze Schmutzschicht der Sowjetzeit durch den Krieg abgewaschen wäre. Daß sie wieder – nein, nicht wieder, sondern eigentlich zum ersten Mal in der Geschichte! – allein miteinander geblieben seien unter dem russischen Himmel: das Volk und sie, die russischen Kulturmenschen.

Vielleicht ist das die Quelle des eigenartigen und rätselhaften Glücksgefühls, das in diesem Roman tief und regelmäßig atmet. Aber dieser Roman spricht auch davon, daß es auf Dauer nicht möglich ist, in einer Utopie zu leben. Vera-Manon stirbt, mit ihr stirbt die Illusion, daß man die Realität ignorieren kann.

6. *Was ist und wo liegt Turdej* Turdej ... In den Ohren des Erzählers klingt das französisch: *Tourdeille* ... Niemand weiß, wo das ist, man muß schon nachschlagen, um dies in Erfahrung zu bringen. Es stellt sich heraus, daß Turdej eine kleine Eisenbahnstation im Herzen Rußlands ist, im Tula-Gebiet.

Diese ganz kleine und scheinbar unwesentliche Information kann uns viel erzählen. Die Geschichte der sowjetischen Manon Lescaut ist in einer der bedeutsamsten Brutstätten der großen russischen Literatur angesiedelt. Dieser Landstrich, das Tula- und Orjol-Gebiet, ist die Heimat der größten russischen Dichter des 19. Jahrhunderts: Wassili Schukowski, Lew Tolstoi, Ivan Turgenjew, Afanassij Fet, Nikolaj Leskow und viele andere stammen von hier, hatten hier ihre Güter, gingen in Tula oder Orjol zur Schule. Hier spielen klassische Werke der russischen Literatur: Turgenjews »Aufzeichnungen eines Jägers«, viele Szenen aus *Krieg und Frieden* von Tolstoi, viele Erzählungen von Leskow, der im Westen zu wenig geschätzt wird, aber zu den ganz Großen der russischen Literatur gehört. Im späteren lyrischen Werk von Afanassij Fet sieht und hört man diese Landschaft. Man lobte die hiesigen Bauern für ihre reine und reiche Sprache, von der anscheinend auch die Dichter profitierten. Wsewolod Petrow stellt seinen Roman allein mit der Wahl der Örtlichkeit in eine sehr lange Kette der Tradition. Wohl als letztes Glied, wie er wahrscheinlich gedacht haben wird. So einen großen Anspruch hat dieses schmale Buch!

Während Petrow an seiner *Manon* schrieb, mußte er bestimmt immer wieder an einen Roman denken, den er unmöglich nicht gelesen haben konnte und der wohl das *vorletzte Glied* dieser famosen Kette darstellt – an Andrej Nikolews (eigentlich A. N. Jegunow, 1895–1968) *Jenseits von Tula* (1931, Verlag der Schriftsteller in Leningrad; damals konnte so etwas noch gedruckt werden, das änderte sich bald). Der sehr schön geschriebene und jetzt in Rußland wiederentdeckte Roman spielt auf Tolstois Gut Jasnaja Poljana, nicht weit von Tula (das Spiel mit Thule ist selbstverständlich gewollt), und ist auf ähnlichen Prinzipien der Reduktion und individuellen Utopie aufgebaut. In eines der Exemplare seines Buchs hat der Autor eine Genrebezeichnung eingetragen: *Eine sowjetische Pastorale.* Jegunow, Lyriker, Prosaist, Übersetzer aus dem Altgriechischen, gehörte in den 30er Jahren zum engeren Kreis von Michail Kusmin und wird in Petrows Erinnerungen an Kusmin sehr begeistert beschrieben: »Jegunow war wahrscheinlich der einzige Mensch und möglicherweise der einzige Lyriker, in dem ich gewisse Ähnlichkeiten mit Kusmin bemerkte. Diese nicht faßbaren Ähnlichkeiten zeigten sich nicht allein in Jegunows Gedichten oder in seiner glänzenden Prosa, die lyrisch und ironisch zugleich war, sondern in seiner Art zu denken, sogar in der Art, zu sprechen und sich zu benehmen«. In den 60er Jahren wurde er (wie auch Petrow selbst) zu einem der vielen Zentren der »Kulturübergabe« in Leningrad. Teilweise überschnitt sich der Kreis der jungen Leningrader Lyriker, Literaturwissenschaftler, Künstler, die Jegunow und Wsewolod Petrow besuchten, Manuskripte und Bücher zu lesen und Geschichten über die vergangenen Zeiten zu hören bekamen. Auch *Die Manon Lescaut von Turdej.* Also hatte sie schon lange, bevor sie gedruckt wurde, eine Wirkung auf die Leningrader Literaturszene.

7. *Wsewolod Petrow* stammte aus einer Petersburger Adelsfamilie, die fest in der russischen Geschichte verankert war (bekannt seit dem 15. Jahrhundert): Auf Ilja Repins berühmtem, gigantischem Bild »Die feierliche Sitzung des Staatsrates am 7. Mai 1901« (1903) ist unter anderen sein Großvater zu se-

hen, Nikolaj Petrow (1836–1920), Ingenieur, General, ab 1900 Mitglied des Staatsrates des Russischen Reiches. Wsewolod Petrows Vater (1876–1964), der ebenfalls Nikolaj Petrow hieß, war ein berühmter Arzt, Gründer des Onkologischen Instituts in Petersburg (das seinen Namen trägt). Menschen, die Petrow kannten, erinnern sich, daß er all das nie vergaß und sich für die Zeit, in der er sein Leben leben mußte, ungewöhnlich aufführte: eisige Petersburger Höflichkeit, unfehlbare Manieren, Literatur- und Kunstgeschmack, der die neuen Menschen zunächst staunen ließ, dann faszinierte.

1932 wurde Petrow zum Mitarbeiter des Russischen Museums und damit zum Schüler Nikolaj Punins (1888–1953), eines der bedeutendsten russischen Kunstwissenschaftler überhaupt.

1949, nach der öffentlichen Kritik (das ist sehr milde ausgedrückt, es waren Schimpftiraden in allen sowjetischen Kulturorganen) an Punin, mußte auch Petrow das Museum verlassen. Im Unterschied zu Punin wurde er nicht ins Lager geschickt, nicht einmal verhaftet. Er mußte nun Möglichkeiten suchen, um seinen Lebensunterhalt zu bestreiten, und wurde zum freien Autor. Er verfaßte Biographien der russischen Maler (teilweise zusammen mit Gennadij Gor, einem Schriftsteller und Sammler der naiven und avantgardistischen Malerei, den er schon aus den 30ern kannte), dann kamen Artikel in der vielbändigen *Geschichte der russischen Kunst* dazu, später Monographien usw. Man kann wohl sagen, daß Wsewolod Petrow in der Sowjetkultur, die er zweifellos verachtete, eine »Nische« fand und nutzte.

In den 60er Jahren wurde er von offizieller Seite und auch von der kulturellen Elite hoch geschätzt, ebenso von den jungen inoffiziellen Lyrikern Leningrads, die sich um ihn scharten, wie junge Lyriker und Prosaisten in den 30er Jahren sich um

Michail Kusmin geschart hatten, um die »Übergabe der Kultur«, eine verborgene Fortsetzung der russischen Moderne, zu gewährleisten. Unter diesen jungen Lyrikern war beispielsweise auch ein so unbestritten großer wie Aleksander Mironow (1948–2010).

Wir kennen von Petrow nur wenige Texte, die wir zur »schöngeistigen Literatur« zählen dürfen. Abgesehen von ein paar philosophischen Miniaturen und sehr schön geschriebenen Erinnerungen an Kusmin, Anna Achmatowa, Daniil Charms, gehört allein unsere Erzählung dazu. Dafür ist sie einer der schönsten Prosatexte der russischen Literatur des 20. Jahrhunderts. Petrows tragischer Roman ist so leicht und so virtuos erzählt, daß er nicht als schwere Kriegserzählung im Gedächtnis bleibt, sondern als eine wunderbar traurige und schöne Liebesgeschichte. Dabei bleibt die Welt in *Die Manon Lescaut von Turdej* die komplexe und tragische Welt des 20. Jahrhunderts.

*Frankfurt am Main, im Mai 2012*

Der Roman erschien zuerst in der Zeitschrift *Nowyj mir* (Heft 11, 2006)
unter dem Titel »Turdejskaja Manon Lesko« (Турдейская Манон Леско).
Auf Deutsch erschien *Die Manon Lescaut von Turdej*
erstmals 2012 im Weidle Verlag.

Dank an Marina Petrowa

Bibliografische Information der Deutschen Nationalbibliothek
Die Deutsche Nationalbibliothek verzeichnet diese
Publikation in der Deutschen Nationalbibliografie;
detaillierte bibliografische Daten sind im Internet über
http://dnb.d-nb.de abrufbar.


www.wallstein-verlag.de
Der Weidle Verlag ist ein Imprint der Wallstein Verlag GmbH

Vom Verlag gesetzt aus der Bembo
Umschlaggestaltung: Eva Mutter (evamutter.com)
Umschlagabbildung: Edvard Munch, *The Kiss IV*, 1902,
Clarence Buckingham Collection
Druck und Verarbeitung: Pustet, Regensburg
ISBN 978-3-8353-7566-6